恐怖実話
怪の残像

吉田悠軌

竹書房文庫

目次

#「母」と「女」

キョウコさんは母子家庭で育った。母と姉、弟との四人家族で、花巻市郊外のアパートにて暮らしていたそうだ。

そして、お母さんにはずっとつき合っている恋人がいる。もう十五年近くにもなるという。キョウコさん姉弟も、小さい頃はその存在を知らなかったが、大人になった今、たまに男性を交えて会ったりもするそうだ。母との関係は良好らしいが、なぜか再婚をしようとはしない。まあ、色々な事情があるのだろう。

そんな家族に、少し昔に起きた出来事。

キョウコさんたち三姉弟は、週末は祖父母の家で暮らすことが多かった。ただその日、中学生の姉だけは友達の家にお泊りをするということで、小学生だったキョウコさんと弟の二人が、数キロ離れた祖父母宅に向かった。

昼頃、家に到着したキョウコさんだったが、ちょっとした忘れ物があると気づいた。お母さんに車で運んでもらえばいいかと思い、自宅に電話を入れる。姉も友達の家に行った頃なので、母親しかいないはずだ。

「もしもし？　キョウコだけど、今おじいちゃんち着いてるのね」

でも忘れ物しちゃって……と続けたとたん。

「うるさい」

今まで聞いたこともないほど低く沈んだ母の声が響き、ガチャリ、通話が切られた。

予想外の事態に、唖然としたキョウコさん。なんとか落ち着いた後も、母の声色にただならぬ気配が感じられたので、怖ろしくて電話をかけなおす気にはならなかった。

その数時間後である。祖父母の家のチャイムが激しく鳴らされた。

なにごとかと皆で玄関先に向かうと、外に立っていたのは青ざめた顔の姉。その後ろには一台の車があり、中年男性が心配そうにこちらを見つめている。事情を聞けば、友人の父親がここまで送迎してくれたとのこと。

なんでまた突然……そういぶかしむキョウコさんたちに、姉はおびえながら呟いた。

「お母さんが、なんか変だったから、逃げてきた」

しかし、それ以上の詳細を語ろうとはしない。「難しい年ごろだから」と思ったのか、祖父母もしつこく問いただしはしなかった。ただキョウコさんにだけ、姉は先ほど体験した話をこっそり説明したのだという。

その日の午前中、姉が一人、自宅アパートにて外泊の準備をしていた時。

ガン、ガン、ガン

突然、外から激しい金属音が響いてきた。

なんだろう？　窓を開け、二階から外を見下ろしてみる。音は、廊下から続く鉄階段から鳴っているようだ。そして階段下の地上部分に、一人の女が立っている。大きくうつむいているため顔は見えないが、誰かはすぐにわかった。

母親である。しかしなんだか様子がおかしい。母親は一番下のステップに大きく足を乗せ、ガン、と音をたてると、なぜかすぐ地面に足を降ろす。そしてまた同じ足をステップに乗せ、また降ろす。ガン、ガン、ガン……ヒールが鉄階段にぶつかり、耳障りな音をたてる。しかし上りたいのか上りたくないのか、がっくり頭をうつむけて奇妙な動作を繰り返し続けている。

「……大丈夫？」

外に聞こえるような大声で、そう呼びかけてみた。しかし向こうはなんの反応も示さず、ただガン、ガン、を繰り返すだけ。

なんだよ、無視かよ。

当時の姉は思春期まっただなかで、母との仲は良くなかった。せっかく心配してやったのに、とふてくされた彼女は、窓を閉めてそのまま外出準備を続けた。

ガンッ

少しすると、また別の感じの音が響いた。

ガンッ……ガンッ……

ステップを踏む音が、ゆっくり近づいてくる。母親が階段を上っているのだろうが、なぜ一歩一歩踏みしめるようにしているのか。さすがに気味悪くなってきた姉は作業を止め、そろそろ開くであろう玄関をじっと見つめた。

ぎいっ、ドアが開く。ゆっくり母が入ってくる。やはり前髪を垂らすほど下を向いたまま、ヒールも脱がず土間に立ちつくした。

「お母さん？」

声をかけると、母は顔を上げた。

ぎくり、と姉が後ずさる。

目の前にある顔は「母」ではなかった。

比喩ではない。本当に別人の女の顔に変わっていたのだ。髪も服も体つきも、毎日見ている母のそれに間違いない。しかし顔だけがそっくり、見知らぬ女と入れ替わっている。

声も出せず固まった姉を、「女」は眉一つ動かさず、にらみつけてきた。

怒った面持ちではない。どちらかといえば無表情に近い。しかし「にらまれている」とはっきりわかる。冷たい顔の奥に、激しい怒りや憎しみが渦巻いているのが、ひしひしと伝わるからだ。

「……ってこい」

ふと、「女」の口からなにごとかが漏れた。ひっ、と姉が小さな悲鳴をあげる。

「塩もってこい！」

母の声だった。悲鳴に近くはあるが、確かに、いつも聞きなれたお母さんの声だ。

「塩もってこい！」「塩もってこい！」「塩もってこい！」

ひたすら続く喚きに押され、姉は台所に駆け寄った。そして一キロの塩袋を取り、土間に向かって手を伸ばした。

「母」か「女」かわからないそれは、姉から塩をひったくると、袋の口を大きく裂いて、中身を周囲にぶちまけた。まき散らされた粉末が姉にもかかり、思わず身をかがめる。

すぐに顔を上げると、ぜいぜいと息を切らしている「女」の顔は、母親に戻っていた。そして乱暴にヒールを脱いで部屋に上がると、無言で床にへたりこむ。もはや半分パニックになってしまった姉は、そのままアパートを飛び出し、友達の家に駆けこんだ。そして事情をボカしつつも、友人の父親に頼んで祖父母宅まで送ってもらった。それと前後して、キョウコさんは電話口の母親から「うるさい」と告げられた……という次第だったのである。

おそらくその日のうちに、祖父母が母へ連絡したのだろうが、その辺りのいきさつは姉弟の誰にもわからない。とにかく翌日にあたる日曜の夜、母は子どもたちを迎えに来た。引き渡しの時も運転中も、母はほとんどしゃべらず押し黙っていた。その重苦しい雰囲気に、三姉弟の誰も事情を問いただすことはできなかった。

自宅アパートに帰ったキョウコさんは、まず玄関先に大量の盛り塩がしてあることに気が付いた。部屋に入ると、その四隅にも同じく塩がこんもりと盛られている。それどころか、床やらテーブルやら洗濯物やら、室内のいたるところに塩がまき散らされ、まるで粉雪が積もったような白一色になっていた。

だがそれについても、キョウコさんたちはあえて反応しなかった。母親も無言のまま、部屋に上がるなり布団に横になってしまった。全ての塩をきれいに片付けるのと、母親が元の調子に戻るのに、一週間ほどかかった。

それから十年と少し経つ。

現在のキョウコさんは東京に出て、アパレル関係の仕事に就いている。家族の会合はよくあるが、先述の話を母親に聞くこともないし、ほぼ何も知らない弟に打ち明けることもない。たまに姉と自分だけで語り合うだけだ。

あの時の母親は……自分の中に入った「女」をなんとか抑えつけて、階段を上らないよう頑張っていたのではないか。部屋に入ってしまった後も、自分がいたからとっさに守らなくてはいけないと、正気に戻ったのではないか。

姉はそう考えているようだが、母親になにも聞けない以上、もちろん正解はわからない。彼女が目撃した「女」の顔。それが誰だったかについては、心当たりすらない。

ただキョウコさんには、なんとなく思い当たる節もあるそうだ。

大人になってから知った諸々の事情と当てはめると、おそらくその頃から、母は今の恋人と付き合いだしている。

「関係ないかもしれないですけど。本当のことはわからないですけど」

そう前置きしつつ、キョウコさんは取材の最後にそっと自らの「心当たり」を漏らした。

「たぶんその時、男性の方には家庭があったのかもしれないです。お母さん、不倫した上に相手の奥さんから彼を奪ったのかな、と」

私はその場ではなにも返さなかった。

ただ正直なところ、正体不明の「女」よりむしろ、「お母さん」の方を怖ろしく感じてしまっていた。より正確に言えば、その「女」をはね返してしまうほど強烈な、「お母さん」の中の「女」に、私はひっそり背筋を寒くしたのだった。

二年一組の黒い影

これもキョウコさんが花巻にいた頃の話。

彼女が通っていたY中学校では、「二年一組」の生徒だけが黒い影を見るのだという。

その教室は、本館ではなく離れの一階におかれている。そして同組の生徒だけがたびたび、廊下に面した窓ガラスごしに、黒い影が歩くのを目撃してしまうのだ。

影はきまって午後にだけ現れる。窓の外を横切って、戸の陰に隠れた後はさっぱり消えてしまう。

二年一組の教室からしか見えないし、別クラスの生徒の目にも入らない。本当に黒いだけで顔もなにも不明だが、サイズは大人ほどなので、一瞬、教師がやってきたと勘違いするものもいた。

キョウコさんは何度もそれに出くわしている。姉や先輩たちも同様のことを証言しており、年代をこえて伝わっている噂のようだ。

いや、「噂」というカテゴライズは適さないだろう。なにしろ同じものを見ている人数が多すぎる。それはもう「そういうものがいる」という、クラス内・学校内での常識にすらなっていた。

二年一組の教室の窓ごしに、廊下をゆっくりと歩く、人の形の黒いもの。

キョウコさんのクラスメートだけでも、三学期に入る頃にはほぼ全員が一度は目の当たりにしているのだ。

しかしその中でたった一人、A子だけは影を未見のままだった。授業中や休み時間、クラス内の数人が「また通った！」などと騒いでいる時も、キョトンとそちらを見つめるだけ。タイミングが合わず目撃していないだけでなく、どうやら、そもそも彼女の目にはソレが映っていないようだ。

ある冬の昼下がり、キョウコさんたち数名が、二年一組の教室を掃除していた時。

ふと気がつくと、A子がホウキをはく手を止め、ぼんやり立ちつくしていた。

どうも、なにかを見つめているようだ。視線の先は、壁の窓へと向いている。

その先では、例の黒い影がやはり廊下をゆっくり進んでいたのだ。

（あ、いつものやつだ）

A子に目を戻すと、彼女の首がゆっくり左から右へと動いている。

どうやら影を追っているようで、こちらが横目にうかがうソレの移動と一致している。

（あれ？　A子ちゃん見えてる？）

そう思っているうち、いつものごとく影が戸の陰へ入り、視界から消えていく。

次の瞬間、ドサリ、とA子が後ろ向きに倒れた。

慌てて駆け寄ると、口から泡を吹きつつ痙攣しているではないか。

白眼をむいた表情からして、明らかに失神してしまっている。

「ちょっと、大丈夫⁉　A子ちゃん⁉」

その場にいた者たちで声をかける。急いで呼び出された担任が到着した頃には、彼女も意識を取り戻していた。

涼しい顔で、なんで自分が床に寝ているのか、逆にこちらが問いかけられた。倒れてしまった理由については、いっさい見当がつかないという。

そして廊下を横切った黒い影についても覚えがないようで、

「なに言ってんの？　そんなのぜんぜん見てないんだけど」

と、首を横に振るだけだったそうだ。

いさかい

最初から嫌な気配を感じてはいたのだ。

今からちょうど十年前。ムツミさんは恋人とともに、名古屋市郊外にあるラブホテルを訪れた。

しかし入ってみると、建物全体からなんだか薄暗くて古い空気が漂っている。

「なんか、ここちょっと不気味だね」

まあ、せっかく来たのだからと気持ちを切り替えて、フリータイムで入館。やはり薄暗い廊下を抜け、部屋へと足を踏み入れる。

その風呂場は摺りガラスになっており、外から透けて見えるという仕様。

「うわあ、なんじゃこりゃ～」などと笑いつつ、ムツミさんは浴室をチェックする。

「あ、ジェットバスついてるよ！」

彼氏に向かって振り向いたのだが、背後には誰もいない。今まさに、自分と一緒に「男」

が浴室に入ってきた気配を感じていたのに。部屋に戻ると、彼氏はベッドの上に座っている。

「あれ？　今、お風呂場、来たよね？」

「俺ずっとここにいたよ」

キョトンとした顔に、嘘をついている様子はない。

しかし、先ほどの気配は「男」だった。自分の他に恋人しかいないという先入観とは別に、確かに男性の影がちらりと見えたのだ。

気のせいではないと思いつつも、ムツミさんはさっと風呂をすます。

入れ替わりで彼氏もバスルームに入ったので、カラオケをしつつ待つことにした。

すると突然、ドタドタと足音を立てて彼氏が風呂から飛び出してきた。

「部屋、この部屋、変えてもらおう！」

ものすごい剣幕で、そうまくしたててくる。

「は？　なに？」

「やっぱさ、変だよ、この部屋。あ、ほら！　さっき変な気配感じたとか言ってたじゃん、だからよくないよ、うん」

俺がフロントに言うからさ、と熱弁する彼氏に反して、ムツミさんは冷静になっていった。人があまりに怖がっている様子を見ると、こちらは逆に冷めてくるものである。「別にいいでしょ、面倒くさいし」となだめたものの、彼氏は部屋中をあさりだす。

「なにしてんの?」

「御札とかあるかなってさ」

「あった?」

「ない……」

「ほら、ないじゃん、大丈夫だって~」

ドンッ!

その途端、壁が殴られたような音が響く。

「今の……さすがに聞こえたよね?」

「うん、隣の部屋の人がケンカでもしてるんかな?」

「いやでも、窓がついてるってことは、隣に部屋なんてないでしょ」

確かにそこは二重窓が設置されている。試しに手前の観音扉を開けてみたが、そこからは外の風景が広がっているだけ。

「ここ二階じゃん……じゃあさっきの、なに?」

「ん~、鳥が窓に当たった……とか?」

そう笑いつつ、ムツミさんも拳で壁を殴った時の音だと確信していた。

さすがにもう出よう……という提案にうなずき、二人して無言で服を着はじめる。

その静けさすら嫌な感じがしたため、ムツミさんはテレビの電源をつけた。映ったのは夕方のニュース番組で、街のグルメレポートを陽気に紹介している。

……今回ご紹介するのは、巷《ちまた》で話題のこのラーメン店……。

しかし少しして、ムツミさんのボタンをはめる手が止まった。

テレビの音声が、途中から不穏な様子に変わっていったのだ。

スピーカーから聞こえるのは、男と女がケンカをしているような罵声。二人とも、思わずそのやり取りに耳を傾ける。

「……ケンカしてる？」

「……俺にも聞こえる」

「テレビのスピーカーから、だよね？」

「うん、男と女」

「だよね……ふたりで揉めてる？」

くぐもった音で、言葉の内容はわからない。しかし男女二人が激しく怒鳴り続けているのは確かだ。荒々しい男の叫び、それに歯向かうような女の喚き声。画面はレポーターがラーメンをすする呑気な映像なのに、すさまじく暴力的なやり取りが響いている。

しばらく耳をそばだてていたが、彼氏がすっかり怯え出したため、テレビの電源を消す。

すると、その奇妙な音声も聞こえなくなった。


急々とホテルを後にしたことは言うまでもない。

それから数日経って、思いつめた顔の彼氏が、こんな告白をしてきた。

「この間のラブホテルなんだけど……実は話していないことがある」

あの場で怖がらせるのも嫌だったし、俺自身が信じたくなかった。だけどもう一人では抱えていられないから、やっぱり話を聞いてほしい。

彼氏が一人で風呂に入っていた時だ。最初は特になにも感じなかったが、ジェットバスに身を沈めていると、突然、耳元で女の声がしたのだという。

「……でも君は、ベッドの方にいたでしょ？」

「うん……私じゃないね……」

「……」

「なんて言われたの？」

しばらくの沈黙の後、彼氏は重い口を開いた。

〝……やっと見つけた〟

ムツミさんからはホテル名もうかがった。すぐ近くの公園では昔、アベックが不良グループに襲われた有名な事件が起きている。女性が乱暴された上、アベック二人ともが殺害された凶悪事件だ。もちろん、この体験談との関連性は不明ではあるのだが。

鏡台

中村さんはアパート経営をしている大家の男性。

二階建てのアパートは外階段があるタイプで、建築年数はけっこう古い。中村さん自身は隣接する戸建てに住み、物件管理もこなしていたため、住人とはふだんから顔見知りだった。

そうした日々の中で、変なクレームを持ち込まれることもある。

「ちょっと聞いてほしいんですが」

ある日、二階の住人が中村さんを訪ねてきた。若いサラリーマン男性のAで、これまで特に問題はない。以下は、その時に語られた相談内容となる。


一週間前のこと。会社の飲み会があったAは、深夜にアパートへと帰ってきた。ふらつく足どりで二階に上がる。自分の部屋を目指そうと視線を上げたところで、奇妙なものを発見した。

二階廊下のいちばん奥がAの部屋だが、さらに進んだ突き当たりには、ちょっとしたスペースが窪んでいる。その空間に、古ぼけた鏡台が置いてあった。小物入れの台に長方形の鏡。そして鏡面には布がかかっている。

なんだこれ？　誰か引っ越しするのかな。

住人の粗大ゴミかと思い、そのまま部屋に入っていった。翌日の朝、出勤のために出た時には、もう鏡はなかったという。

その日もまた、残業で帰りが遅くなった。薄暗い外階段を上ったところで足が止まった。また昨夜と同じ場所に、鏡台が置かれているではないか。

しかも今度は、その前に男が一人、こちらに背を向けて座っている。顔はよく見えないが、見知らぬ男だ。それがぶつぶつと、布のかかった鏡に向かってなにごとかを呟いている。声量は小さく、言葉はうまく聞き取れない。

……なんだおま…このや……ふざけ……

しかしニュアンスからして、文句のような、誰かを罵っているような口調だ。

警察を呼ぼうかとも思った。しかし面識のないアパート住人かもしれないし、その家族や友人かもしれない。トラブルを恐れて、Aはそっと部屋に帰り、すぐに布団をかぶって寝たそうだ。

翌朝になってみると、廊下の鏡はまた消えていた。このところ疲れているから、昨夜のアレは幻覚だったのかもしれない……無理にそう思い込むようにした。

ところがその夜も、遅くに帰宅したところ、やはり同じ状況を目の当たりにしてしまった。二階奥の突き当たりで、昨日の男が鏡台に向かって早口にしゃべりかけている。少し声が大きくなっているが、やはり文句や恨みつらみをぶつけているようだ。ただ今日に限って、かかっていた布が後ろにめくれ、鏡面があらわになっている。

連日の出来事に、Aは悪意を感じた。自分へのイタズラを狙って、わざと鏡を出したり引っ込めたりしているのか？　さすがに腹が立ったAはカツカツと男に近づいて、

「ちょっとあんた」ポン、と肩をたたいた。

ちょうど覗き込むような態勢になった。鏡の表面が目に入る。当然、正面に座る男の顔が見えるかと思ったのだが。

鏡に映っていたのは、若い女だった。

思いもよらぬ光景にAの体が固まる。すると女の瞳がぐうっとこちらをにらんだ。同時に、目の前の男も振り向いた。

「うわっ」

後ろに飛びのいたAに、男が罵声を浴びせてきた。

「お前！　お前！　なにしてんだ！　このクソがお前が！」

そのまま廊下を逃げ、階段から降りようとしたAだが、そこで信じられないものを見る。

さきほど鏡に映っていた女が階段下にいる。それがそれがコツコツとこちらに上ってきているのだ。

女はまっすぐ歩を進めている。背後からは男の怒鳴り声がゆっくり近づいてくる。

（うわうわううわ）

挟み撃ちとなったAはパニックになり、頭を抱えてしゃがみこんだ。

……少しして、階段を踏む音も、男の声も聞こえなくなったことに気づいた。

おそるおそる顔を上げると、夜のアパートには誰の姿もない。


それが数日前のことだという。

「ねえ、どうにかしてくださいよ。ここ、前になにか嫌なことあったんじゃないですか。本当は誰か死んでるでしょう？　大家さんの方でなんとかなりませんか」

そう早口で問い詰められても、中村さんにはなんの心当たりもない。相手は怪談めいた想像をしているようだが、今まで住人の誰かが死んだなどという事態は、確実に起きていない。むしろ、このAがおかしくなって妄言をはいている可能性の方が高いではないか。

「いやいや、気持ち悪いこと言わないでください！」

その場は強い口調で否定し、Aを追い返した。

しかしそれから二、三日後の夜、Aは再び自宅を訪ねてきた。しぶしぶ中村さんが玄関を開けたとたん、興奮した声でまくしたてる。

「すいません！　今です！　今まさに、そこに、鏡台と男がいるんですよ！　一緒に見に来てください！」

なかば引っ張るようにして、Aは中村さんを二階へ連れていった。

「ほら見てください！　あれ！　鏡の前に男が！」

その言葉通り、廊下の奥には鏡台が一つ置いてある。布が後ろに垂れ下がり、鏡面がこちらを向いている。しかしその前にもどこにも、男どころか人影一つ見えはしない。

「まあ……確かに鏡はあるけど、男なんていないよ」

そう言いながら鏡台に近づく。誰がこんなもの置いたのか、Aの自作自演というのもありえるし……。しかし正面から鏡を覗いた中村さんは、わが目を疑った。

自分ではなく、女がこちらを見つめている。しかも知らない顔ではない。それは、以前このアパートに住んでいた住人。Aの一つ前に、同じ部屋を借りていた女だった。

これ、この人、え、前ここにいた……！

「ねえその鏡！　おかしいでしょ！　なにか見えるでしょう！」

後ろでAが大声をあげる。しかしあまりに信じがたいものを見た中村さんは、とっさに常識を優先し、自分の心を守ろうとした。

「いや、なにも見えませんよ。変なことで呼ばないでください」

平静を装いつつ、小走りでその場を立ち去った。

それからしばらく、中村さんはなんとかこの体験を忘れるように努めた。その後、例の鏡台はアパートのどこでも見かけていない。

ただ少しして、Aは断りもなく部屋を出て行ってしまった。夜逃げのように、家財道具もなにも残したままだった。翌月の家賃はAの両親が払い、すぐに退去する手筈となった。

Aは行方不明となっている。両親ですら、彼といっさい連絡がとれなくなってしまったため、今どこでどうしているのか、まったくわからないのだという。

六本

もう五十歳ほどになる職場の先輩が、よくこんな思い出話を語ってくる。

先輩が大学生の頃だから、三十年も前になるだろう。バイク仲間五人で伊豆半島へツーリングに出かけた時のことだという。

バイクを走らせ日が暮れて、目についた旅館に転がりこんだ。いきなりの訪問だったが、幸い二部屋が空いていた。二人と三人に分かれたうち、先輩は広い三人部屋に割り振られることとなった。

ツーリングの疲れから、同室の二人はすぐに寝息をたてはじめる。しかし先輩はなかなか眠りにつけない。当時ですら古臭すぎると感じた和室の隅には、年代物の振り子時計が設置されていた。大型の置き時計タイプのそれは、一番端の先輩の布団から見て、ちょうど足の先にでんと居座っている。

カタ、カタ、カタ、カタ……。

振り子が左右に揺れるたび、歯車の噛み合う音が響く。大きさに比してジョイント音も重いのだろう。こういうノイズは一度気にしだすと厄介なもので、耳について離れない。

それでもなんとかウトウトしだした頃だろうか。

いきなり、寝ている布団が引っ張られた。

驚いて頭を上げると、振り子時計の後ろから、細い腕が六本、ぬうっと突き出している。

その腕たちが、こちらに向かって手招きしているではないか。

六つの手が、おいでおいでと折れるたび、布団ごと体が壁に吸い寄せられていく。

ずり、ずり、ずり
そのまま引っ張られ続け、足元が時計の台座に触れるかと思った矢先。腕たちは先輩の左足へと伸びていった。そして左ふとももが、六本の手にガッシリつかまれる感触がして……。

目覚めると朝になっていた。

嫌な夢を見たなあ。

そう思って体を起こした先輩の頭は、一気に冷えてしまった。自分の寝ている布団が、他の二人から大きくずれて、振り子時計の台座にぴったりくっついてたからだ。

その後、現在までに、先輩は四回、左足を骨折している。

バイクで転んだり、不慮の事故に遭ったり、原因は様々だが、いつもなぜか左足だけが折れてしまう。あの六本の手につかまれた、左足だけが。

三十年間で、四回だ。

自分がいつ死ぬかはわからないけど……。

先輩はいつも、左足のふとももを笑いながら叩きつつ、こう話を終える。

それまでにこの足、あと二回は折れるんだろうねえ。

落とされる

鹿児島の、とある女子高校での話。

その学校は、遠方からの就学生のための寮が併設されている。

ただ、マミさんが割り当てられた三階の部屋だけは少し変わっていた。

なぜか部屋のドアの内側に御札が三枚、貼られているのだ。三人部屋だからお守り用の札を三枚つけているのかとも思ったが、他の寮室にそんなものはないという。

ともあれ、花の高校生活のスタート時点には、些末なこととして気にならなかった。

部屋でなにが起こるということもなく、二年間が過ぎた。しかし三年生になった頃から、なぜか毎晩、奇妙な夢を見るようになってしまった。いや、夢というにはあまりに現実と地続きであるのだが。

それは、先述した自室のベッドで寝ているところからはじまる。自分はむくりと起き上がって、部屋のドアを開ける。そのまま裸足で廊下を歩き、階段を上っていく。

四階は屋上で、布団を干すスペースとして使われている。マミさんはその端までひたひたと向かい、地上の駐車場をじーっと見下ろすのだ。

そして屋上から飛び降りる。地面の砂利がすぐ目の前に迫る。

いつもそこで、目が覚めるのだという。

ベッドの中の素足には、廊下や階段、屋上を歩いた感触が生々しく残っている。そんなことが毎日のように続き、精神が疲弊していった。

もしこれが夢ではなく、実際に寝ぼけた自分がさまよっているのだとしたら……。

命の危険に関わることだ。しかし同室の後輩たちは、深夜にマミさんが外に出ていったことはないと言う。学校経由で医者に相談したものの、夢遊病ではないと断言されてしまった。確かに状況証拠もなにもなく、現実の自分が歩き回っている訳ではなさそうだけれども……。

「まあ、女の子同士で暮らしていると、自分でも気づかないストレスがかかるんだよ」

変な夢くらい見たって不思議じゃないね、と。

医者にそう言われても、奇妙な夢を見続けることには変わりない。また同じ時期に、嫌な噂も聞いてしまった。

この学校では以前、飛び降り自殺した女生徒がいたらしい。寮ではなく校舎だが、屋上から身を投げた点は夢と同じだ。屋上に続く唯一のルートである非常階段がずっと封鎖されていることは、マミさんも知っていた。それは、死んだ女生徒の影響で自殺をはかるものが出ないように、との理由からだというのだ。

真偽はわからないが、こうした情報もマミさんの恐怖に拍車をかけた。

同じ状況が一か月以上続いたところで、マミさんは実家の母に「このままだと死にそう。寮を出たい」と泣きついた。だが母親もただのホームシックと判断したようで、「あと一年で卒業なんだから、それまで我慢しなさい」の一点張り。

皆の言う通り、ただの夢だとしても、心は着実に疲弊していく。もう少し続いていたら、実際に屋上から飛び降りてしまっていたかもしれない。

しかし問題は突如として解決した。二か月目に入るあたりで、悪夢がピタリと止んでしまったのだ。

なにが功を奏したのかわからない。とにかくいつも通りの睡眠が返ってきたのだから、それで万々歳である。

ただその代わり、マミさんは別の理由で眠りを破られるようになった。

毎夜のように、上から布団が落ちてくるのだ。といっても、ポルターガイストの類ではない。

この女子寮では、上級生は二段ベッドの下、下級生は上で寝ることになっている。校則ではないものの、長年伝わる暗黙のルールだ。

自分が夢を見なくなったのと入れ違いに、ベッドの上の後輩が、たびたび掛け布団を落としてくる。バサリ、けっこう大きな音がするので、その都度、目を覚ます羽目になる。

……この子、だいぶ寝相悪いんだな。

同室になってから二か月、自分の症状にかまけていたため気づかなかったのだろう。数日間は黙っていたが、生活を共にしているのに無視もおかしい。タイミングを見計らい、布団の落下について指摘してみた。

「なんか、すごい恰好で寝てるんだね」

冗談めかしたつもりだったが、相手の反応は意外なものだった。

「なにも知らないくせに！」

こちらをキッとにらみ、そう言い放ったのだ。後輩ながら、その迫力に押されてしまい、それ以上の追及は出来なかった。

数日後の深夜である。

ドスン！

今までにないほどの轟音が、寝ているマミさんを襲った。

とっさに頭を上げると、ベッドの脇に例の後輩が倒れている。布団ではなく、本人自身が落ちてしまったのだ。

「どうしたの！」

別の後輩と二人で駆け寄ると、完全に気絶している状態。急いで寮母を呼び出しているうちに意識を取り戻したが、ゼイゼイと過呼吸が止まらない。とにかく近くの病院へと救急搬送することになった。

翌日、見舞いに行った時には、鎮静剤のおかげで後輩も落ち着いていた。

「ただの寝相で落ちた訳じゃないよね。なにかおかしなことあったの？」

自分自身の体験もあり、マミさんはつとめて冷静に事情を訊ねてみた。

「はい、実はですね……」

後輩によれば、少し前から寝ている布団が引っ張られる現象が始まったのだという。最初は寝ぼけているのかと思った。しかしそれが連日続く。どうもベッドの脇から「つかんでくるなにか」がいるようだ。抵抗してみるものの、いつも布団が奪われ、落とされてしまう。

そして昨日は様子が違った。いきなり布団ではなく、自分の右足をつかまれたのだ。あっと思う間もなく、強い力で一気にひきずりおろされた。

と、そこまで語ったところで、後輩の全身がガクガクと震え出した。昨夜のことを思い出すだけでショックがぶりかえすのだろう。

「ごめん、もういいよ、お大事に」

彼女をなだめてから、マミさんは寮に帰った。しかし病室にいる間、どうしてもその右足が気になってならなかった。

足首についた真新しい内出血のアザ、それは明らかに人の手形をしていたから。


それが、後輩との最後の面会だった。

後日、彼女の母親が寮を訪れ、「実家に連れて帰る」と退寮手続きを済ませた後、荷物を全て持ち帰っていった。あえて学校側に問いただしていないが、高校そのものを退学してしまったのだと思われる。


「……その部屋にいるなにかが、少女たちを落とそう落とそうとしているんですかね」

マミさんの体験談を聞き終えた私は、そんな感想を漏らした。

「どうなんでしょう」と相手は言葉を濁す。

「もしくは、これはこっちの勝手な想像ですけど」

私も一つだけ、確認しておかなくてはならない。

「当時、神経がまいっていたマミさんが、後輩の布団や足首をつかんで落としていた……という可能性はないですかね？　もちろんわざとではなく、無意識の行為として」

たとえそうであったとしても、彼女がおかしな精神状態に導かれたこと、それ自体が怪現象だとも言える。怪談として扱っても問題はないだろう。

「はい、それは私も考えました」

あの病室で、後輩に打ち明けられた瞬間。マミさんはまず、自分の仕業ではないかと疑った。医者がなんと言おうと、夢遊病のような行動をしているのでは、と。

「でも少なくとも、彼女をひきずりおろしたのは私ではなさそうです」

何度も確認した。後輩の足首についた手のひらと指の形をしたアザ。

その大きさは、自分のものとは明らかに異なっていた。

それは、幼い子どもがつかんだような、小さな小さな手形だったからだ。

寮の鏡

マミさんは、同じ女子寮でまた、次のような体験もしたそうだ。

その寮には旧館と新館があり、二つの建物は長い渡り廊下で繋がっている。

そして廊下の中ほどには、なぜか大きな鏡が設置されていた。

「夜中にその鏡を見ると、この世でないものが映る……というのが寮生の間では暗黙の了解でした」

……と、まあここまではよくある〝学校の怪談〟だろう。

しかしある夜のこと。

マミさんは期末試験のため、数駅離れた友人宅にて勉強をしていた。寮に着いたのは午前零時を過ぎたあたり。

新館事務所にて帰りが遅くなったことを謝りつつ、自室のある旧館へと急いだ。

渡り廊下を小走りに進んでいたところ。

突然、斜め後ろの視界がオレンジ色に明るくなったのを感じた。それと同時に、ひりつくような熱風が背中から後頭部をなでる。なにごとかと振り向いた。

異常の原因は、例の鏡だった。

鏡面の向こうに、二人の人間が炎に包まれているのが見えたのだ。

二人のうち一人が手前に来たかと思うと、奥へと遠ざかっていく。それと入れ替わりに、もう一つの炎上する人影がこちらに進んで大きく映る。火だるまの二人は、代わるがわる行ったり来たりしながら、こう叫んでいた。

――熱いっ！

――殺してくれっ！

腰を抜かしながらも、マミさんはなんとか自分の部屋にたどりついた。

「あれは私が生み出した想像なんだ、そうに決まっている……。ベッドの中でそう思いこんで、必死に目をつむっていました」

しかしなかなか眠りにつけず、一時間以上が過ぎてしまった。それでも午前二時頃、ようやくウトウトとしかけたのだが。

パチ、パチ、という高い音が窓の外から響いてきた。

思わずそちらを向くと、これも窓から部屋に向かって、オレンジ色の光が差し込んでくる。

さきほど鏡の中に見た、あの光だ。

呆然としているマミさんに、すでに起きていた同室の後輩が叫んだ。

「先輩、火事です！　部屋を出ましょう！」

その声の勢いに慌てたマミさんは、メガネだけを手にして飛び出した。

集会室に駆け込んだ時には、もうほとんどの寮生たちが立ちつくしていた。意味がわからないまま、そこで待機していると、朝方になって学校の先生がやってきた。そして静かに、こう話し出したのだという。

「お隣の家が全焼しました。火元はまだわかりませんが、そこに住んでいるご夫婦が亡くなられたようです」

マミさんは今でも、あの鏡に映し出された光景と、あの死を懇願する悲鳴が、忘れられないそうだ。

空き家

サキさんの父——仮にサクオとする——は塗装業を営んでいた。

十五年前、近所に住む三姉妹から、とある仕事を依頼された時のこと。

姉妹の年齢は四十～五十代。平成二年に老父が亡くなっている。それから空き家となっている実家には、家族の誰もいっさい立ち寄らず放置していた。とはいえ姉妹で話し合った末、別荘としてリフォームすると決めたそうだ。

平屋の一戸建てで、それなりに大きなお屋敷だ。老父は離れにて、お手伝いさんに看取られて亡くなったらしい。三姉妹が実家を離れているのはいいとして、なぜ親の死に目に立ち会わなかったのか、なぜ十二年間その家に誰も近づかなかったのか、それはわからない。

これらの説明を受けている最中から、サキさんの父は後頭部がひどく痛みだすのを感じた。途中で打ち合わせを退席し、倉庫に駆けこみ嘔吐してしまったほどだったという。

今にして思えば、そこで仕事を断るべきだったのだ。

翌日早朝、スタッフ二名とともに預かった鍵にて玄関を開け、屋敷へ入っていく。

「父の死後、誰も訪れていないし、なにもいじっていません」

そう娘たちが言っていた通り、家の中はまるで時が止まったかのようだった。平成二年のカレンダー、どこかのタイミングで停まった時計、古びた黒電話が置かれ、布団までもが当時のままに敷いてある。

もちろん全てに埃《ほこり》が積もっているため、まず家中の窓を開き、掃除や運び出しから始めなければならない。初日は片付けの仕事だけに費やされた。

日が暮れたタイミングで、窓と玄関の鍵を閉め、戸締りを三人で確認してから屋敷を立ち去ったのである。

二日目の朝も、同じ時間に到着した。

しかし玄関を開けようとしたところで、サクオさんが異変に気づく。確かに施錠したはずの鍵が開いている。

急いで庭に出て窓を確認すると、なんと昨日閉めたはずの窓がすべて開け放たれているではないか。

嘘だろ！

驚いたサクオさんは家の中を確認したが、人が入ったような形跡はいっさいない。ただでさえ異様な雰囲気の家での、不可解な現象。スタッフ二人も明らかに怯えていたものの、それについては誰もなにも触れないまま、黙々と作業を開始した。

まず風呂場を塗装していったのだが、そこでも異常事態に見舞われる。サクオさんやスタッフがその日のうちに三回も気絶してしまったのだ。そのたび残り二人で外に引きずり出し、目を覚まさせる羽目となった。

使っていたのは水溶性シンナーなので、麻酔作用のあるトルエンは含まれていない。いわゆる「アンパン」ではないのに、なぜ人が倒れてしまうのか理解不能だ。混乱しつつも、なんとか当日の作業を終え、またきちんと戸締りをチェックして帰宅する。

そして三日目。屋敷に着いた彼らは、またも窓という窓が全開になっているのを目の当たりにしてしまう。

例によって、皆がおかしいと思いつつ、あえて無視したままのスタートとなった。

この日の作業は居間と台所だ。その片隅には古い冷蔵庫が佇んでいた。壁を塗るため、スタッフ二名でをそれを屋外にどかしていく。

庭に運び出したところで、一人が何気なく中身を確認しようと扉を開いてみた。すると冷蔵庫の中には、バナナが一房、ポツンと置かれていた。その皮は黄色くツヤツヤと輝いており、剥いてみた中身も新鮮そのものだった。もちろん家の電気は、十三年前からずっと止められている。

「……食べてみる？」

バナナを手にしたサクオさんが呟いたが、スタッフどちらからも返答はなかった。

予想通りといおうか、四日目・五日目の朝もやはり、閉めたはずの鍵や窓が開いていた。サキさんの母の述懐では、その時のサクオさんは帰宅するたび「あそこにいると具合が悪くなる。一緒に行っている二人も帰りの車で必ず吐いてしまう」と青白い顔で報告していたそうだ。

とはいえ五日目、ようやくの最終日となった。あとは廊下さえ塗れば作業終了。さっさとこれだけやりきってしまおう、皆の表情がそう語っていた。

まずペンキが付かないよう、廊下の床にシートを貼り、それが完了してから塗りの作業に入る。この頃には全員が明るいうちに仕事を終わらせたいと思っていたので、無駄口一つたたかず、早急に手を動かしていた。その甲斐あって中盤までスムーズに進んでいた、その時である。

ジリリリリ！

廊下の端の暗い影から、甲高い音が響いた。

黒電話のベルである。

ビクッ、と作業中の三人が凍りついた。

当然、回線が繋がっているはずはない。そもそもシートを敷く際、棚から電話本体を下ろし、抜いたコンセントと一まとめにして廊下の隅に置いたことを、誰もが了解していた。

リリリリリリリリリ！

早く出ろと催促せんばかりに、ベルはがなり続ける。一瞬固まったものの、気づかないフリで黙々と作業する三人。ようやく黒電話が静かになったのは、廊下を塗り終える少し前だった。

そのまま全員無言で片付けをこなし、施錠してから屋敷を後にする。

車に乗り込んだところで若い方のスタッフが「電話……電話鳴ってましたよね？　聞きましたよね？」と声を震わせた。片方がこくりと頷いた。サクオさんは黙ってエンジンをかけた。

サキさんの母は、事務所に帰ってきた三人が幼い子どものように怯えていたのを覚えているという。

十五年経った今でも母はたまに、こんなボヤキを彼女に漏らす。

……あのお屋敷で仕事してから、お父さんの運気が下がったのよ。うちの会社だってぐんぐん傾いていっちゃったし。それまでバブル崩壊なんて関係なく、すっごく儲かってたのよ？　本当ありえないことばっかり起きたりして……ううん、そんなこと今さらどうでもいいんだけど……。

——お父さん、あそこで寿命を吸いとられちゃったんだろうねえ。

この体験から少しして、サキさんの父は急性白血病になり、四十八歳という若さで亡くなっている。

野村の話

私宛てに、Yという男性から一通のメールが届いた。

メールフォームからの投稿であり、差出人のアドレスは記されていない。たいへん長い文面のため、あちこち省略させてもらうが、情報についてはできるだけ正確に残しつつリライトさせていただく。


この話はまず、十五年前の奇妙な出会いから始まる。

大手出版社に勤めていたYさんは、取材を終えた帰り道、深夜の海ほたるパーキングエリアで遅い夕食をとっていた。広いレストランには彼独りぼっちで、あまりの寂しさにさっさと食事を終えたところで、すれ違いに七人の青年のグループが入ってきた。

ガヤガヤと楽しそうな彼らをしり目に、駐車場へ向かおうとしたYさん。するとその背中へ、「Y?」という声がかけられた。

振り向くと、青年グループの一人がこちらを見て佇んでいる。そして立てた親指で自分の胸を指し、「野村」と告げた。よく思い出せないが、おそらく昔の友人だろう。

「おお、久しぶりじゃん」

その場は適当な挨拶を返し、二言三言交わしてから、Yさんは車へ戻った。

野村、野村……誰だったかなあ。車中でもどかしく頭をひねっていると、突然、ある記憶が濁流のように押し寄せてきた。

野村……あいつだ！　あの顔、あの声、間違いない。

でも、どうして？


話はさらに十年ほどさかのぼる。

当時、彼は鎌倉市内、江ノ電沿いの風光明媚な場所にたつ高校へ通っていた。驚くほど海に近い学校で、マリンスポーツに興じる生徒も多い。稲村にも七里にも由比にも歩ける距離だったので、体育館裏にサーフボードを常備するものまでおり、Yさんもその一人だった。

夏休みの近づく、ある土曜日。期末試験直前だったが、Yさんは早朝少しだけ波に乗っておこうと思い、夜明け前の学校へ向かった。

当時は二十四時間解放されていた正門から入り、ボード置き場である体育館裏に急ぐ。誰もいないので、その場でウェットスーツに着替え、ボードを抱えようとしたところ、あることに気がついた。

見覚えのあるボードが一つ足りない。野村という友人のボードだった。先を越された……となぜか無性に悔しくなって海に向かうと、そこにはすでに二十人以上のサーファーが波間を漂っている。

ここまでごったがえしてるとやる気をなくす。仕方なく由比ヶ浜方面へぶらぶらと辿ったが、絶好の波日和だったため、どこも混み合っている。興をそがれたYさんは早々に引き上げ、ボードを体育館裏まで持ち帰った。

それでもまだ、野村のボードは戻っていない。あんな人だらけの海でよくやるわ……そう思いつつ振り向くと、すぐ隣にある校舎の三階で、窓が一つ開いている。

そこに野村が立って、海の方を見つめているではないか。

「野村！　ボードどうした？」

Yさんが叫んだ。野村はこちらに視線を落とし、中指を立てるいつものポーズで挨拶をすると、そのまま階段の方へ走っていった。そのまま降りて、こちらに駆け寄ってくるものと待っていたが、野村は一向に現れなかった。いつまでも、いつまでも。

野村が今朝から家に帰っていないと知ったのは、その夜のことだった。同じサーフィン仲間から電話があり「そっちに遊びに行ってないか？」と聞かれた。すぐにピンときた。野村は死んだのだな、と。

高校生とはいえ、海の恐ろしさは知っているつもりだった。ボードがなかった以上、野村が海に出たのは間違いない。この時間まで戻らないとすれば、それはそういうことなのだ。

「こっちには来てないよ」

Yさんは今朝の出来事はいっさい語らず、それだけを伝えた。

野村の両親は、彼が海に行ったと気づいておらず、家出をしたか、友達の家に押しかけたと思い込んでいた。

月曜日になって野村のボードがないことが知れ渡り、ようやく海で行方不明になったのだと皆が思いはじめた。警察から質問されたYさんは「金曜の放課後に別れたのが最後です」と伝えた。海での捜索も行われたが、野村の遺体が上がることはなかった。

友人や警察に、あの土曜朝の出来事を隠していたことを、後悔してはいないという。

「私はあの朝、野村の姿を見たのです。あの時の彼は、間違いなくすでに死んでいたのです。本当のことを言ったところで、彼を助けることはできなかったでしょう」

それから十年が経ち、Yさんの前に彼が現れた理由。それは今でもわからない。海ほたるで会った野村の顔に、怒りや悲しみはなく、どうしてすぐに自分を捜してくれなかったのか……そう訴えているようにも見えなかった。

「私がこの話をお送りした理由は、あの時、あることに気づいたからなのです」とYさんは語る。

海ほたるで話しかけてきた男は、確かに記憶に残る野村としっかり一致する。しかし、彼は明らかに歳をとっていた。大人びた十代後半の少年と、童顔の二十代後半の青年とは、ともすれば見た目に差が無い場合もあるかもしれない。

しかし、ひげの濃さ、皺の数、立ち姿や挙動……はっきりと言葉にできない、無数の空気感の違いがあった。海ほたるの野村には、もう少年らしさは無く、自分よりも少し垢抜けた、立派な好青年の雰囲気が漂っていた。

「霊も歳をとるのかどうか……。その疑問について、私の体験がなにかしらのヒントになれば幸いです」

メールの末尾は、そう結ばれていた。

万引き

とある過疎の村で、一つの福祉政策が行われた。

村の寺院——住職一人がいるのみだが建物はやけに大きい——に不良少年たちを住まわせ、修行がてら更生させようというプロジェクトだ。

国か県からの補助金が出たようだが、テレビドラマのように上手くはいかなかった。集められたのは各地の施設でも手を焼くような、札つきのワルたち。バイクや車があれば鍵を壊して乗りまわす。お店に入ると普通に無銭飲食。商店での万引きは当たり前になっていたという。

なにしろ過疎地なので、住民は老人ばかり。不良たちにとってはむしろ、やりたい放題のボーナスステージにすら思えていたのかもしれない。

特にお爺さん一人で営む駄菓子屋にいたっては、毎日、百円ほどのものを手あたり次第に万引きする。そして戦利品を見せ合っては、お互い自慢しあうのが日課となっていた。

人のいい老店主は、彼らの悪行を見て見ぬふりをしていたようだ。

その日も、一人の少年が店先の駄菓子をひょいひょいとつまみ上げていた。慣れきっているとはいえ、いちおうお爺さんが見ていないかは横目で確認する。店内に人影はおらず、奥の部屋に引っ込んでいるようだ。もっともガラス戸の向こうも真っ暗なので、店を開けたまま外出しているのかもしれない。

そう思ったとたん、奥の部屋がいきなり明るくなった。蛍光灯どころではなく、真っ昼間の太陽に照らされたような輝きだった。

なにごとかと覗けば、中で、人の形の炎が燃え上がっていた。

店主の老人が火だるまになっていたのである。

驚いた少年は、駄菓子を捨てて逃げ出した。寺に帰った後も、このことは怖ろしくて誰にも話せなかった。

数日経つ頃には、駄菓子屋にてお爺さんが灯油をかぶって焼身自殺をした、との情報が流れてきた。しかし少年は、自分がその現場にいたことは隠し通そうと決めた。

その夜である。

寺で寝ていた少年は、妙な感触で目が覚めた。

ピシッピシッ、と何か細かいものが顔に当たってくる。

まぶたを開けると、黒こげの顔がこちらをのぞきこんでいた。眼窩は落ちくぼみ、むきだしの歯茎が覗いた口は、ピエロが笑っているようだった。

そこから硬い燃えカスがこそげて、自分の顔へと落ちている。

悲鳴を上げて布団から這い出る。全身黒焦げの人体はしゃがんだまま、後ずさる自分を、じいっと見つめている。

殴られる……！

少年はそう感じた。それは両手の肘を曲げ、固めた拳を上方に構えていたからだ。

部屋を飛び出した少年は、なんとか住職の寝室に駆け込んだ。


話を聞いた住職は、少年を連れて本堂へと向かった。

「……駄菓子屋のお爺さんが亡くなったのは知っているだろう？　警察から色々と相談されたんだが、誰も身寄りのない人だったらしくてね。だから今日、無縁仏として引き取って、ここでお弔いを上げたんだよ」

少年が見せてもらった遺体は、黒焦げになって硬直していた。

あまりに損傷が激しいため、姿勢を直すことも出来なかったのだろう。

二つの拳は、ボクサーのように顎の先へ上げられたままだった。

十年以上も前の出来事だそうだ。村から少し離れた地域の住民に聞いた話である。

変な虫

なぜあの時、道を間違えたのかがわからない。

二〇一七年六月、ウキエさんは息子夫婦と孫と四人で、三重県津市にて藤の花の名所を観光してきた。

そこから四日市への帰路は、何十年も地元に住むウキエさんにとって、さんざん通いなれた道のはずだった。ハンドルを握る嫁に向かい、「あそこを右折して、あの交差点を左折して」と案内していく。

しかし奇妙なことに、その全てが反対方向を示していたのだ。

いつの間にか、鈴鹿サーキット裏手を抜ける小高い山道を走っていた。

何十回と走っているルートなのに、どうして今日だけ間違えたのか。とはいえ大通りに出さえすれば問題ない。そこから国道へと抜ける方向を指示していく。

すでに夜道は暗く沈んでおり、車内を反射したフロントガラスには、さきほどから孫の顔が映り込んでいる。

……あれ？

少しして、ウキエさんの中に違和感が走った。うっすら見えるその顔が、どうも孫とは違うように思えたのだ。四歳ほどの小さな男の子という点では共通しているが、孫の髪は天然パーマなのに、ガラスに映っている頭は、おかっぱのような髪型をしている。

また、反射しているのなら外の明暗によって映り具合の強弱があるはず。しかし真っ暗だろうと街灯の下を通ろうと、顔の見え方はいっさい変わらない。まるでフロントガラスの向こう側に、顔だけがへばりついているような……。

運転席の嫁にそのことを告げようか迷ったが、やめておいた。彼女はかなり現実主義で、心霊の類を匂わせるだけでも嫌がるタイプだったからだ。

無事に大通りに出たところで、ガラスの顔は消えた。ウキエさんもほっと胸をなでおろした。

そのままウキエさんは自宅に送り届けてもらい、息子夫婦と孫は自分たちの家へと帰っていった。

ここからは、ウキエさんの嫁へと視点が移る。

帰宅した嫁が部屋を片付けていると、「変な虫」を発見したのだという。

どのように「変」だったかは、ウキエさんも口伝えに聞いただけなので詳細はわからない。ハンミョウに近くはあったが、嫁が生まれてから一度も見たことのない色形をしていたらしいのだ。

家は平野の都市部にあり、山から虫が来るような環境ではない。

気味悪く思った嫁は、すぐにその虫を殺し、ティッシュに包んだ。

すると次の瞬間、隣の部屋から悲鳴がとどろいた。彼女の息子、つまりウキエさんの孫の叫び声である。

「虫がいる！　虫がいっぱいいる！」

慌てて駆け寄ると、子どもはパニックを起こして泣きわめいていた。椅子の上で足をばたつかせ、体から必死になにかを払い落とそうとしている。しかし嫁の目には、その手はただ空を切っているようにしか見えなかった。

「虫がたくさん！　たくさん虫がのぼってくるよお！」

そう言い続けながら、いっこうに泣き止まない。なだめるため抱こうとしても、かたくなにイスから離れようともしない。

「じゃあ、お風呂に行って虫を流そうね」

いったん話を合わせて、なんとか浴室に連れていき、シャワーを浴びせた。しかし、いくら湯を流そうと、子どもは執拗に自らの体を叩くことを止めない。

なにをどうしようと、無数の見えない虫は、彼の体をはい上り続けるようだった。

三十分以上もそんな状態が続くうち、息子は泣き疲れて眠ってしまった。

こちらもヘトヘトだが、とにかく嫁も風呂にだけは入っておいた。入浴後、洗面所で髪を乾かしていた時である。

ふと、鏡の中に小さな影が映った。小さい男の子が、自分のすぐ後ろをさっと走り抜けていったのだ。

息子が起きたのか？　そう思って振り返ったが、そこには誰の姿もない。寝室に行くと、息子はすやすやと寝息をたてている。確かにさきほどの影は、この子くらいの背丈だったのに。ただよくよく思い返せば、ちらりと見えた頭の髪は、息子と違っていたかもしれない。もっと長くサラサラで、おかっぱのような……。

これら一連の出来事に、さすがに怖ろしくなった嫁は、ウキエさんの元へ電話をかけた。

以上のエピソードは、この時に聞き及んだのだった。

もちろんウキエさんの心中には、フロントガラスに映ったおかっぱ頭の子が思い起こされていた。あの子が家までついていったのかもしれない。そう思いはしたが、だからといって自分に何ができる訳でもない。いたずらに怯えさせない方が得策だろう。

「……塩でもふったら？」

嫁に対して、そんな言葉を返すのが精一杯だった。


幸い、その日以降、孫が虫について言及することはなくなった。

ただし嫁の証言によれば、息子夫婦の家における「小さい男の子」の気配は、どんどんと強くなっているようだ。

洗面所の鏡で見たのと同じような小さい人影を、家中で見かけてしまう。嫁や孫がトイレに入っていると、鍵がひとりでにカチャリと閉まる。真夜中に玄関チャイムが鳴り、出てみると誰もいない。

これらの事象は一度や二度ではなく、繰り返し現在まで起こり続けている。


「こうした場合、どう対処させればいいのでしょう？　おかっぱの男の子は何者なんですか？　子どもと〝変な虫〟が関係する話って、他にもたくさんあるのでしょうか？」

ウキエさんは、私に様々な相談をぶつけてきた。しかし怪談というジャンルにおいて、私はなにかを祓う力を持った霊能者ではなく、ただの聞き役に過ぎない。

「直接的な被害がないのなら、とりあえず様子見すればいいのでは」

ウキエさんと同じように、適当なアドバイスでお茶を濁すしかないのだ。

ともあれ、息子夫婦たちは二〇一九年二月には家を引っ越すと決めたようだ。

それが根本的な解決となり、「おかっぱ頭の男の子」も「変な虫」も、出てこなくなればよいのだが。

父の苦手なもの

夕飯時、父はよく、警察官だった頃の思い出を語っていたものだ。幾つかあるエピソードの中でも頻出するのが、「なぜ自分がアレとアレを苦手になったのか」という二つの話。康子さんにとっては、父が披露するその二話こそが「苦手」だったのだが。

一つ目のアレとは猫のことだ。

若かりし巡査時代、田舎の派出所にいた父の元に通報が入った。山の方で一人暮らししているお婆さんの様子がおかしい。宅配の牛乳が手つかずのまま大量に並んでいるし、室内の灯りもずっとついたまま。不安なので見に行ってくれませんか、という近隣住民からの依頼だった。

「俺は本部に応援頼んでくるから、お前は現地に向かってくれ」

同勤していた先輩は、逃げるように派出所を出ていってしまった。

指定された住所にバイクで向かうと、竹やぶの中に一軒家がポツリとたっている。通報通り、軒先には中身の入った牛乳瓶が十数本。さらに玄関もわずかに開いている。

恐怖を抑えつつ玄関をまたいだところで「あ、これは死んでる」警察としての勘がそう告げた。

まず、臭い。屍臭というのだろうか。初めてかぐ異臭だったが、とっさに死の手触りを感じてしまった。

臭いの元とおぼしき方に目を向けると、案の定といおうか。開いた障子戸の間から、仰向けに投げ出された二本の足が見える。肌の色は、生きているもののそれではない。

「応援くるまでどれくらいかかります？」

とっさに先輩の無線につないだが、「あと一時間はかかる」とのこと。

そんなに長く、狭い家の中で死体と二人きりはご免だぞ……外で待機したいけど、それにはとりあえずコロシかどうかだけ確認しなければ……待てよ、仮にコロシだとしたらだ……ひょっとして犯人がまだ家の中にひそんでる可能性だって、なくはないんじゃないのか……？

殺人犯が十日以上も現場にとどまっているなど、普通ならありえない発想だが、なにしろこの時は冷静さを欠いている。なるべく気配を消し、そうっと足音をたてず廊下を進み、障子の隙間を覗き込んだ。

後から聞いた話では、お婆さんはたいへんな猫好きで、ノラでもなんでも拾ってきては、餌を与えて家に居つかせていたらしい。

その十匹ほどの猫が、和室に寝転んだ体にむらがっていた。

お婆さんの太ももより上と腹の肉は、ほぼ彼らに食べつくされている。

あっ、と父が小さく叫んだ瞬間、猫たちはいっせいにこちらを向いた。

らんらんと燃える二十の瞳は、明らかに自分を獲物として捉えていた。

やられる！

気付いた時には外に逃げ出していた。父は柔道をこなしていたし、警棒と拳銃を装備してもいた。それでもなお、あの小動物たちに勝てる気がしなかった。

応援隊が来てから中を確認した時には、猫は一匹残らず姿を消していた。

それから父は猫が大嫌いになり、ちょっとでも寄ろうものなら棒きれで追い払うようになったのである。

二つ目のアレとは、女性の長髪。

同じく巡査を務めていた頃、「納屋で首を吊っている女がいる。どうにかしてくれ」との通報が入った。

その時は先輩らとともに三人で現場へ急行。

折あしく真夏だったため、納屋のだいぶ遠くにまで、あの覚えのある臭いが漂っていた。戸を開けると、梁にかけた縄からダラリと若い女性が垂れ下がっている。腐敗が進み、首が伸びきっているが、まあ服装からして「若い女」だと推察できる、ということだが。

「なにはなくとも、降ろしてやらんとな」

先輩二人が溜息をついた。

「じゃあ、俺たちが縄を切るから、お前は背中で女を受けとめろ」

え？　自分が背負うんですか？

ホトケさんを地面に落とす訳にもいかんだろ。

やはり厄介ごとは後輩に押し付けるのが、当時の常だったようだ。先輩たちは遺体の両脇から踏み台に乗って、刃物で縄を切っていく。

「いいか、落とすぞ」

ドサリ。父の背中に重みが加わった。とてつもない臭いが鼻をつく。女の長い髪が肩にたれさがる。自分の頬の間近に、どろどろに溶けた顔を感じる。

その時、柔らかな吐息が、耳元をくすぐった。

〝ふっ〟

かすかな笑い声。

そして甘えるような囁き。

〝ふふっおつかれさま〟


猫と同じように、父は髪の長い女が大嫌いになった。

母親と妹は父の言うことを聞き、ずっと短髪にさせられてきたそうだ。

康子さんだけは、夕飯の席でこんな話をするような父に反発し、学生の時から長髪を維持していた。ただそれも、髪を結わえている分には、父も譲歩していただけ。うっかり留めゴムを外したり、編み込みを解こうものなら。

「髪の毛を垂らすなあ！」

とたんに父が怒鳴りつけてくるのだった。

同じ女

男の運命を狂わせる女とは、それが何人いようともつまり一人の「同じ女」なのだ。

少なくとも小泉八雲の美しい怪談『雪女』は、その事実を描いている。若い巳之吉の生殺を握った圧倒的な雪女と、彼と幸せな家庭を築いた妻お雪が同一人物なのは言わずもがな。さらに言えば、雪女＝お雪が現れるまで巳之吉を束縛し、その次にはお雪を死ぬまで溺愛し続けた巳之吉の母親も、やはり「同じ女」だったのだろう。

It was I-I-I!

それは私、私、私です！

物語の最後、三人であり一人だった女は三度「私」と叫び、三人とも巳之吉のもとから去っていく。

須賀さんの運命も、別人でありながら同じ三人の女によって狂わされた。その女は三人とも、まったくの同姓同名だったのだ。三人の氏名は、たいへん特殊でもないが、よくあるものでもない。ともあれ漢字まで全て適合しているのだから、一個人が出会う確率はかなり低いはずだ。実名は出せないので、ここではインターネットの名前ランキングでほぼ同じ順位だった「佐伯貴子」という仮名にしておく。

もちろん三人の「佐伯貴子」は雪女が化けていた訳ではない。このうち二人については、須賀さんが同姓同名の恋人と連続して関係していたという話だ。

須賀さんと私の付き合いは古い。二人の佐伯貴子にも、彼の紹介で会っている。ただ、彼女らの本名を知ったのはつい最近、本稿執筆に際してのこと。それまでは二人ともハンドルネームしか教えられていなかった。

そして二人とも、かなり精神的に不安定な女性、いわゆる「メンヘラ」だった。須賀さんの好みのタイプなのだろうが、そうした恋愛関係は往々にして共依存関係の深みにはまりやすい。私も、いつか刃傷沙汰になるのではと心配していたものだった。

数年前、帰宅した須賀さんは、一人暮らしの部屋の配置が微妙に、だが確実に異なっていることに気がついた。

第一の佐伯貴子とはとっくに別れた後だ。しかし空き巣の類ではなく、彼女が合鍵を使って家にこっそり侵入していたのは確かだった。

台所の調理台には、洗い桶にたてかけていたはずのまな板と包丁が置かれていた。まな板の表面には、点々と血の痕がついている。

いったいなにを切ったのかも気になるが、それ以上に怖いのは、

……まだここにいたらどうしよう。

人が隠れられそうなスペースをくまなく探していったが、幸い誰の姿も見当たらない。しかし奥の部屋の本棚付近を調べたところで、背筋に寒気が走った。楳図かずおのマンガ本が一冊だけひっくり返されているのを発見したのだ。彼女が大好きと言っていた本である。これは明らかに、自分に宛てたメッセージだ。

その時すでに、須賀さんは第二の佐伯貴子と付き合っていた。そして本棚の周りは、第二の彼女の写真が何枚も貼られていたのだ。それを「見たぞ」と伝えるため、第一の佐伯貴子は本を逆にしたのだろう。そしておそらくその直後、まな板の上でなにかを切ったのだろう。

すぐにまな板を丹念に洗ったので、それがなんの血だったのかはわからない。

第二の佐伯貴子は、さらに輪をかけて情緒不安定な女性だった。自分が多重人格である

と主張し、たびたび人格が入れ替わる（もしくはそのフリをする）。外出先でも凄いトラブルを巻き起こす。彼女についての強烈なエピソードは数多いが、本稿の趣旨とズレるので省略する。

彼女に言わせれば、自分がこうなったのは「家に人形が来たせい」なのだという。

イチマサン、と彼女はその人形を呼んでいた。関西では市松人形のことをそう呼んだりもする。子どもの頃、家にやってきたイチマサンを、彼女は非常に気味悪く感じていた。

それには理由がある。棚に置いてあるはずのイチマサンが、朝起きると、なぜかいつも自分の足元に移動しているのだ。布団の中で、必ず左足にしがみつくように転がっている。

その左足に、髪の毛がつくことも多くなった。自分とは長さの違うものだ。人形のちぎれた髪だと思い、手で払うのだが、午後になるとまた同じ毛が左足ふくらはぎに張りついている。その現象は子ども時代を通して、ずっと続いた。

「だからな私、いつか事故かなんかで左足なくすんやろうな、って思ってるんよ」

そんなことを、彼女は須賀さんに告げていた。

イチマサンを捨ててしまおうともした。しかし家の中に隠しても一日経つと、また元の位置に置かれている。仕方なく野外に放置しても、やはり少し経つと棚に戻っている。幼い彼女は、それ以上どうしていいかわからず、とにかくずっと無視すると決めたのだった。

しかしそこから「家がめちゃくちゃになった」という。家計が傾き、家族の人間関係が悪くなった。これは詳細を聞いてないのだが、父親に性的虐待を受けたとも匂わせていた。彼女の言い分がどこまで本当かわからない。ただ私もイチマサンの写真を見せてもらったことはあるので、人形が実在するのは確かだ。

数々の壮絶なトラブルを経て、須賀さんは第二の佐伯貴子とも別れた。しばらくして別の女性と結婚し、今は穏やかな生活を送っている。

ただ、つい先日のこと。

須賀さんはスマホで動画サイトを閲覧していた。視聴者の怪談投稿を再現VTRにする往年の有名テレビ番組。その一エピソードを、なんとなくボンヤリ眺めていたそうだ。

しかし動画が一分ほど経ったところで、思わず小さな叫び声が漏れた。

封印していた記憶が一気によみがえる。小学二年生の時、自分は確かにテレビでこの放送回を視聴している。そして、あまりの怖さにショックを受け、体調に異変をきたしてしまった。

幼い須賀さんはその日を境に、二年もの間、チック症に悩まされ続けたのだ。さらにそこに目をつけられ、学校で激しいイジメの対象にもされてしまう。自分の人格の暗い側面が、この時期のストレスで形成されたのは間違いない。

子ども時代の数年を真っ黒に染め、いまだ精神に尾を引く影響を残す、そのキッカケとなった映像だ。予想だにしないタイミングで、このトラウマに再会してしまうとは……。

しかしだからこそ、昔の傷を乗り越えるべきだろう。意を決した須賀さんは、ぐっとスマホの画面をにらみつけた。

とはいえ――大人になった今見ると、映像自体はさほど怖ろしいものではなかった。むしろ現代ホラー作品と比べて、微笑ましいほど素朴な作りである。いくら幼いとはいえ、この程度で過剰に怯えてしまったのが不思議なほどだったという。

ただ逆に、様々な人生経験を積んだ今だからこそ、恐怖を覚えてしまう点もあった。

それは「家にあった市松人形が、捨てても捨てても戻ってきてしまう」といった投稿のストーリーだったのだ。描かれるエピソードの数々が、第二の佐伯貴子から聞いた話と似通っている。もちろん細部に違いはあるし、そもそも年代が十年以上ずれているので、同じ体験談であるはずはない。

もしかしたら、と須賀さんは考えた。幼少時の自分がこれを見て怯えたのは「予知」だったのでは、と。将来、同じ体験を持つ女性と出会って酷い目にあうことを、無意識に予感していたのかもしれない。

いやはや、こんな奇妙な偶然もあるんだな。感慨にひたっているうちに動画は終了した。スマホをしまおうとした須賀さんだったが、ふと気になって、もう一度初めから再生を開始する。

その番組では毎回、VTRの冒頭に、次のような定型文のテロップが出ることを思い出したからだ。

「このVTRは現在、××県にお住まいの○○○さん（△歳）の手記を基に構成したものです」

スマホを持つ手が震えた。

そこで表示された地域も年齢も、投稿者と自分がいっさい無関係であることを示している。

しかし氏名については、漢字までまったく同じ「佐伯貴子」だったのだ。

天狗の森

周囲に高い建物はいっさいなく、水田ばかりが続いている。広々と見晴らしのよい風景の中で一点、こんもり茂ったその森は、確かに印象的ではあった。

石川県・金沢の市街地から車で十数分。郊外にたたずむ八坂神社の鎮守の杜は、地元民から通称「天狗の森」なる心霊スポットとしておそれられている。近くには「血の川」「牛殺し川」という物騒なネーミングの川（これでも正式名称だ）も流れており、おどろおどろしいイメージに拍車をかけている。

私は少し前、知人からこのスポットにまつわる体験談を聞かされていたため、金沢取材のついでに立ち寄ってみたのだ。

足を踏み入れてみると、社殿や敷地は古臭くも感じないし、荒廃している様子もない。どうやら無人の社とはいえ、定期的な掃除・管理が入っているようだ。しかし鬱蒼たる夕ブノキに陽が遮られて昼なお暗く、なんだか異界めいた雰囲気もまた漂っている。

実はそうでもない。「天狗の森」の名称通り、天狗にまつわる怪異譚が多いのかというと、実はそうでもない。いちおう「この森は天狗が一夜でつくったもの」「いまだ天狗が住んでいる」との噂もあるらしいが、当地での実体験談をインターネットで探しても、天狗が関わる例はほぼ見かけない。代わりに頻繁に出てくるのは「女の気配がした」という報告だ。

その代表例を一つ。

数年前、金沢市にある塗料会社の公式ホームページにて、営業マンK氏が次々と実話怪談を発表しているのがネットで話題となった。そこでは天狗の森についても触れており、天狗よりむしろ「女の幽霊の目撃談も後を絶たない」（同HPより）ことに着目している。

K氏自身、この森にて怪異体験をしているそうだ。小さな森にもかかわらず、入ったとたん周囲の音が聞こえなくなり、行けども行けども暗く細い道が続いている（もちろん境内はそこまで広くなく、森に入ればすぐ社殿が見える程度だ）。その間ずっと、おぞましい視線を感じ、突如かかってきた携帯電話から「うふふ」「出して」という女の声が聞こえてしまい……。

実際のレポートは二〇一八年末現在も更新中の「細田塗料株式会社」HPを読んでいただきたい。

私が地元民のハヅキさんから聞いた話にも、どこか似通った匂いを感じる。彼女も最近、金沢市民たちにささやかれる「天狗の森」の噂を聞き及び、興味本位で訪れてみたという。

「天狗が出る・声が聞こえる・絶対行ってはいけない……という情報が流れてくるので、面白そうだな、と……」

女性一人という危険を鑑み、休日昼間の明るい時間を選んだ。とはいえそれも杞憂に思えるほど現地の景色はのどかで、遠目には「トトロが出そうな森だなあ」などと思ってしまった。

しかし神社に近づくにつれ彼女もまた、私やK氏が覚えたような独特の気配を感じたという。

鳥居に差し掛かると、その手前に参道を塞ぐような錆びたチェーンがかかっている。少したじろったものの、端の方からすり抜けて鳥居をくぐり中へ。

森は、田んぼの真ん中にあるとは思えないほど茂っている。聞こえるのは自分の足音と、たまに吹く風で起きる葉ずれくらい。表では畑仕事の軽トラックが行きかっていたはずなのに、立ち止まれば、耳鳴りがしそうなほどの静けさ。

（これは確かに、なにか出るかもしれない）

しかし蜘蛛の巣を払いのけながらたどり着いた社殿は、真新しいアルミサッシが入っており、噂のような廃墟らしさは感じられない。先述通り、管理された境内は清潔そのものなのだ。

「結局、声も天狗も、なにも出ませんでした」

辺りを散策した後、参拝を済ませて神社を後にした。

普通の神社だったなあ、そういえば写真撮らんかった……などと思いつつ、路駐した車に乗ってエンジンをかけ、ハンドルを握ろうとした自分の手が目に入る。

その指に、長く真っ黒い髪の毛が二本、しっかり絡みついてた。

ハヅキさんは髪を少し染めているし、これほどの長髪でもない。黒々とした光沢と、指を絞めつけるしなやかな質感から、人間の毛髪であることがはっきり伝わる。

(いつの間に、なんで⁉)

必死にほどこうとしたが、手汗で余計に髪の毛が絡まり、外すのに難儀したという。

「その後も特に悪いことはなかったですが……まとわりついた髪の毛の感触はなかなか手から薄れませんでした」

これらの話を思い出しつつ、私も境内を歩き回ってみた。

すると北側部分に、また別の鳥居と小さな参道を発見した。鳥居には「木船神社」とある。珍しい形態だが、この神社では一つの社殿に、わざわざ別ルートの参道をもうけているのだ。「木船神社」とは、明らかに京都の貴船神社から勧進されたものだろう。八坂神社＝スサノオ＝牛頭天王と貴船明神をセットで祀るのは、全国に散見されることではある。しかし当スポットにおいては、また別の興味がわいてくる。

もしかしたら、と私は思った。天狗の森において、天狗よりもやたらと「女」がクローズアップされるのは、ここに鍵があるのではないか。

貴船神社といえば、丑の刻参りの本場として有名だ。

あるいは深夜、肝試しにきた若者が感じた「女の気配」「女の笑い声」とは、丑の刻参りにやってきた生身の女性だったのではないか？

あるいはK氏やハヅキさんが出くわした「女にまつわる怪異」は、この地にうずまく女たちの呪詛や怨念によるものだったのではないか？

我ながら、それなりに説得力がある推理ではないかと思うのだが……。

ではなぜ「天狗の森」などという名称が付けられたのかについては、私の別著書『禁足地巡礼』にて詳しく考察しているので、そちらを参照いただければ幸いである。

30

通り雨

コウタさんはバイク仲間とともに、横浜郊外をツーリングしていた。

友人四人でバイク二台、それぞれ二人乗りというういつものスタイルだ。

午後二時頃、彼らは旭区の今川公園で休憩をしていた。秋晴れの爽やかな陽気を堪能した後、さて次の場所へ向かおうとする。

コウタさんは友人のバイクの後ろに乗り、もう一台が後を追いかける形で走り出した。

公園を出てすぐ、まっすぐな道からトンネルにさしかかろうとした時。

ガシャーン！

コウタさんの後方から、ものすごい音が轟いた。

友人がバイクを停車し確認すると、後続のバイクが転倒している。急いで近づいてみたが、幸い二人とも軽傷な様子。

「なんでこんなとこでコケんだよ！　ダセェなあー！」

大事に至らなかった安心から、コウタさんが笑い飛ばす。

道路にへたりこんでいる二人も苦笑いだ。

「通り雨なんかたまんねえよなぁ！」

「雨ですべっちまったよ！」

大声で悪態つく彼らを、コウタさんと友人は呆然と見つめた。

……なに言ってんだ、こいつら？

打った部分が痛むのだろう、体をさすりはじめたところで当の二人も、

「え……え？」

「あれ、え、あれっ？」

混乱しながら、地面やバイクを確認し出した。

空は快晴で雲一つない。すぐ前を走っていたコウタさん側の二人は、いっさい雨など感じていない。

もちろん、転倒した二人の服、バイク、地面にも水滴一つついていなかった。

友人たちによれば、今川公園・事故現場のトンネルは、ともに地元で「心霊スポット」とされる場所なのだという。

ただしインターネットを調べる限り、そのような情報がいっさい出てこないため、地元民のみで限定的にささやかれている噂なのだろう。

具体的になにがあるから「心霊スポット」とされているのか、コウタさんも私もまったくわからない。


これとはいっさい関係ない人から、次のような話も聞いた。

ミエさんが、当時付き合っていた彼氏とドライブデートしていた時のこと。

鹿児島県霧島市の観光地「御池」を訪れてみようと、彼を誘ってみた。

ここは火口湖として日本一の深さを誇り、水深は百メートル近く。そのため終戦直後には戦車や武器が沈められたと言い伝えられ、実際、近年にかけて二百個以上もの手りゅう弾が水底から回収されている。そんな底なし池だからか、毎年、自殺者が絶えない。しかも、死体がほとんど浮かび上がらず発見できないのだとか。

それら噂を聞いていた彼氏は、ずっと訪問を渋っていた。しかし「昼間だし、見るだけだから」とミエさんが強く誘い、どうにか納得させた。今考えれば、なぜ自分があそこまで御池に行きたかったのかも不思議である。

五月の晴天が広がり、暑いぐらいの日だった。

湖上には何組かの家族やカップルがボートに乗り、幸せそうに楽しんでいる。

ちょっとの見学だけと話していた二人は、周辺のボート小屋や屋台を横目に散策していたのだが。

そこでミエさんの記憶は途切れている。

ここからは、後で彼氏から教えてもらった情報だ。

池の周りを歩いていたところ、いきなりミエさんが立ち止まり、機械のような声と口調で、こう言ったそうだ。

「ねぇ、ボート乗ろうよ」

いやいや、すぐ帰るって言ったでしょ。彼氏がいくら断っても、ミエさんは耳を貸さず、無機質に同じ言葉を繰り返すばかり。

……ネエボートノロウヨ、ネエボートノロウヨ、ネエボートノロウヨ……

いったい何事かと彼氏が焦り出したとたん、視界が一気に閉ざされた。

いきなりの豪雨。前触れもなにもなく、巨大プールをひっくり返したような大量の雨が、ゴウゴウとぶちまけられた。もはや数歩先の距離すら見えないほどだ。

彼氏はとっさに、シルエットだけが浮かぶミエさんの方へと手を差し出した。

しかしミエさんはいっさい慌てる様子もなく、

「ボートに乗らなければいけない」

ぼそりと放たれた呟きを聞いて、ゾッとした。先ほどと同じく言い方は機械的なのだが、声色がまったく違う。明らかに、中年以上の男の声になっている。

「おい、しっかりしろ！　なに言ってんだよ！」

慌ててその手を引き寄せようとしたが、ミエさんはびくともしない。華奢な彼女が仁王立ちしているのを、男の全力でもまったく動かせないのだ。

「ボートに乗らなければいけない。邪魔するな」

〝男〟が呟く。平坦な口調の奥に、異様な凄みがひそんでいる。

彼氏が悪戦苦闘を続けるうち、雨脚が少しずつ緩んできた。視界も徐々に開けていく。

するとそれに合わせるかのように、ミエさんからふっと力が抜けるのを感じた。

渾身の勢いで全身をひっぱる。ととっ、とミエさんの足がもつれた。そのまま彼女をひきずり、なんとか近くに停めた車に投げこんだ。

そして車を急発進させ、大急ぎで御池を立ち去ったのだという。

御池を離れて二分後には、また突然、元のような快晴に戻ったらしい。

ミエさんが正気を取り戻したのは、かなりの距離を走行した後のことだった。

「あの時、無理を聞いてボートに乗ってたら、たいへんなことになってただろうな」

そう怒られても、なんら覚えのないミエさんはうなずくしかない。

また彼によれば、雨脚が弱まった時に見えた湖上には、いっさいボートが浮かんでいなかったという。確かにその直前には、五、六艇の舟と、それに乗る人々がいたはずなのに。

あの豪雨で全て沈んでしまったのか？　いや、そんな大事故ならニュースになっているはずだが、少しも騒ぎを聞き及んでいない。

いったい湖には、なにが浮かんでいたというのか。

通り雨は異界との狭間に降るのだろうか。いやそもそも、これら二話の登場人物が浴びたものが本当に「雨」だったのかどうかすらも、定かではない。

内裏雛

あの倉庫ですが、さすがにそろそろ整理しないといけません。

保育園の物置部屋がいっぱいになっているのは、スタッフ皆が意識していると思います。この機会にいらない物は処分してしまいましょう。力仕事になるから、男性の高田さんが担当してくださいね。


前日の会議を受け、高田さんは園の倉庫を調べていった。

処分する物は一通り決まっている。まずは雛人形の入っている段ボール箱。いずれも男雛・女雛が一対のみの、いわゆる「内裏雛《だいりびな》」と呼ばれるものだ。

愛知県にあるこの園では、保護者から譲り受けた内裏雛を二組、保管している。しかし両方を同時に使うことはなく、毎年、新しい方のセットを飾るだけ。余りのもう一つは、十年近く倉庫にしまいこんだままになっているのだ。

久しぶりに入った倉庫の荷物をかきわけ、目当ての箱を発見する。

……あれ？　と違和感が走る。

はじめは劣化した箱が変色していると思ったが、そうではなかった。人形の入った段ボールが、水浸しになっているのだ。真ん中から下がびしょびしょに濡れ、置かれた床にも水たまりが出来ているほど。

雨漏りをする部屋ではないし、第一、その上の荷物は水しぶき一つかかっていない。

おそるおそる蓋を開いてみると、中の雛人形もびっしょり濡れている。ただ、男雛がそれほどでない点や、箱の濡れ具合からして、まるで女雛の体から水があふれ出してきたようだった。


「ああ……そういうことなら、きちんと供養した方がいいね」

事情を聴いた園長は、高田さんにそう告げた。

その雛人形は、だいぶ昔に通っていた園児のものだった。しかしその娘はある時、水難事故で亡くなってしまったのだという。事故内容、近所のことか旅行中のことかなど詳細はわからない。ともかく、両親は娘のために買った雛人形を見るのも忍びなかったのだろう。お役に立ててくれればと、この保育園に寄付したのだった。

それを聞いた園内スタッフは震え上がった。すぐに近所で人形供養を行う寺院を探し、お焚き上げしてもらう流れとなる。とはいえ皆が怖がっているため、なかなか寺への輸送役を引き受けようとしない。

「いいですよ、私そういうの信じてないので」

そこで、心霊などまったく無関心なタイプの女性保育士が、任務を引き受けることとなった。車を運転して、約束の寺院へと出発していく。

それから二時間後。園に帰ってきた彼女を出迎えたところで、高田さんは驚きの声を上げてしまう。

「どうしたの！　それ！」

しかし相手は平然とした顔で、こう返すだけ。

「え、なんですか？　人形はちゃんとお寺に引き渡してきましたよ」

「そういうことじゃなくて……」

その女性保育士は、髪からつま先までびしょ濡れで、体中からポタポタ水滴を垂らしているのだ。その日は確かに大雨が降ってはいたが、まさか園内の屋根付き駐車場から建物までを歩いて、こんなに濡れるはずがない。

それを指摘したところで、本人も初めて「え……？　えっ!?」と自分の状態に気がついた。二人で乗ってきた車を確認しに行くと、車内の前席から後部座席、シートまでがびしょ濡れになっている。

「そういえば……なんでだろう」

寒さのためか混乱か、体を震わせながら、彼女は記憶をたどっていった。

人形を預けた寺からの帰り、雨脚の強い国道を走っている途中。

なぜか運転席のリモートボタンを押して、全てのウインドウを全開にしてしまっていた。

車内に雨風が吹きすさび、体中に大粒の水滴がはじける中、彼女はまったく意に介さず、いつもどおりに車を運転していたのだった。

新聞配達

今から二十年以上前。当時二十四歳のヤマモトさんが、多摩地区の新聞販売店で働いていた時のこと。

彼はその仕事中、二つの怪異を体験している。一つ目の現場はT団地、もう一つはM団地。

余談だが、母親の職場がちょうど中間にあったため、私もヤマモトさんの体験と同じ頃の両団地を訪れており、それらの風景を見知っている。いずれも、日本のスタンダードな団地群のイメージを想起してもらえればいいだろう。

さて、まずは一つ目のT団地から。

そこのある号棟について、ヤマモトさんは以前から不審に思っていた。

他の部屋は全てきれいなのに、四階のある一室だけ、黒く煤けたような痕跡があったからだ。階段脇すぐにあるドア付近は不自然な修復がなされていて、人が住んでいる様子はない。

多摩地区の配達は他エリアよりも早いそうで、ヤマモトさんはいつも明け方三時すぎくらいに団地に到着するようにしていた。

真冬の夜はまだ明ける気配すらない。しんしんと冷たい空気の中、件の棟の入り口へとたどりつく。

一階の集合ポストに次々と新聞を入れようとした矢先、暗がりに奇妙な気配を感じた。目をこらすと、隅になにかがうずくまっている。

なにしろ深夜のこと、建物の暗がりは真っ黒い空間でしかない。ただ、なぜか緑色の薄明かりがぽうっと小さく灯っており、それによってかすかなシルエットが浮かび上がる。

（……狐かな？）

はじめはそう思った。この辺りなら狸はいるだろうが、さすがに狐が出たなど聞いたことはない。しかしその細長い輪郭が、一瞬、狐と似通っているように見えたのである。

ゆっくり近づいていくと、それがこちらを振り向いた。

ぎくり、と体が固まった。

それは、口に細長い木の棒をくわえていた。棒の先には緑の炎がちろちろと燃えている。

火によって照らされた顔は、明らかに狐ではなかった。しかし人間ともいえない。その中間とすればよいのか、とにかく見たこともない動物の顔だった。ただなんとなく、「メス」であるようには思えた。

五秒ほど目が合っていただろうか。動物はひょいと立ち上がり、火の棒をくわえたまま、よつんばいで階段を上りはじめた。

じり、ひた、じり、ひた。

狐や犬のようなピョンピョンとした動作ではない。前に出す足の他は、三本とも地べたについたまま、にじるように動いていく。

じり、ひた、じり、ひた。

しっぽのようなものも見えた気がした。

二階への踊り場で向きを変え、動物は階段の陰に隠れていく。そこまで固唾を飲んで微動だにしなかったヤマモトさんだったが、突然、その動物の後を追いかけたくなってしまった。

こちらも、抜き足差し足で静かに階段を上っていく。

二階から三階へと向かう動物が目に入った。距離を置いて、あまり近づかないようにする。動物の歩みはあまりにもゆっくりで、なんだか疲れ果てているようにも感じられた。

じり、ひた、じり、ひた。

少し間を置いて、三階踊り場から顔を出してみる。その上はすぐ、例の焦げた玄関部分だ。

動物は、ドアの前にいた。ただ立ち止まっていたのではない。全身が緑色の炎に包まれていたのだ。

かすかな鳴き声も燃えはじける音もいっさい聞こえない。静寂の中、火だるまになった動物は、苦しそうにのたうちまわっている。

（火、消さないと！）

考えるより先に、ヤマモトさんの体が動いた。販売店から支給されていたジャンパーを脱ぎ、たたいて消火しようとしたのだ。チャックを下ろし、両袖から腕を抜き、バサリと襟元をつかむ。

しかしその目を離した一瞬で、動物も炎も消えてなくなっていた。視線を戻すと、いつもと変わらぬ煤けたドアがあるだけ。なにがなんだかわからないまま、ヤマモトさんはその場を立ち去った。

販売所に戻ったヤマモトさんは、先ほど目撃した怪事を同僚たちに打ち明けた。すると横にいた店長が、ボソリとつぶやいた。

「あそこな、たいへんな事件があったんだよ」

以前、その部屋に住んでいた夫婦の留守中、夫と不倫関係にあった女性が忍びこみ、ガソリンをまいて放火した。結果、部屋で寝ていた幼い子ども二人が亡くなったのである。

かなり有名な事件なので知る人も多いだろう。もちろん、ヤマモトさんの体験と関連づけられるかどうかは、誰もわからない。

ヤマモトさんが販売所を辞める時、長らく空いていたその部屋に、誰かが入居したという噂を聞いた。

二つ目の現場はM団地。

夕暮れ時、ヤマモトさんは月末の集金業務のため、めったに行かない高層棟の廊下を歩いていた。

――バンッ！

突然、はるか下の道路から大きな物がはじけるような轟音《ごうおん》が響いた。

なにか落ちたのかと、慌てて廊下の手すり越しに見下ろしてみたが、地上には一つも異常はない。

なんだったんだろう……。

そう思いながら廊下に視線を戻すと、いつの間にかすぐ近くに人影が立っていた。髪を三つ編みにした、若い女である。

「来てくれたんだ」

女性はニコリと笑いかけてきた。

その顔には確かに見覚えがあったのだが、とっさには誰か思い出せない。

「あ、すいません」

(うちの新聞とってるお客さん？　集金とか景品あげるとか約束してたかな？)

ヤマモトさんは急いで伝票メモをめくりだした。その棟にある数宅分の伝票を確認してみたが、なにも書いてない。

「あれ……何号室でしたっけ」

そう言いながら顔を上げると、もう目の前の女性は姿を消していた。

わずか数秒間である。足音もしなかったし、全速力でも廊下の角を曲がることは出来ないだろう。

とはいえ、その時はさほど不審には思わなかった。

それから少し経って、ヤマモトさんは岡山県の実家に帰省した。特にすることもないので、数年前に購入し、そのまま部屋に置かれていた青年漫画誌をパラパラと読み返していたという。そこで、あるページの写真に目が釘付けになった。

それは某女性漫画家が流行の場所を訪れてレポートするという、テキストベースの連載コラムだった。たまたま開いた回では、東京の写真館にて、宝塚っぽい恰好をして撮影された漫画家が写っていた。

——あの時の人だ！

M団地で見た、三つ編みの女性を思い出した。もの覚えが悪いヤマモトさんだったが、なぜかあの日のことだけは、ずっと頭の片隅にひっかかっていた。

もっとはっきり素顔がわかるものはないかと、前後の号をあさってみる。その頃、人気急上昇中だったダウンタウン浜田へのインタビュー記事に、彼女の姿がありありと写っていた。やはり同一人物で間違いない。

その女性は、孤独にさいなまれ、人間関係の疎外をテーマにした強烈な作風で、いまだカルトな人気を誇る漫画家である。

東京に戻ったヤマモトさんは、急いで買ったばかりのパソコンで検索をはじめた。そこで出てきたのは、彼女が一九九〇年代はじめ、M団地から投身自殺したという情報だった。年月日はもちろん、飛び降りた団地の号棟や階数も正確に記されている。

何度もパソコンの画面を読み返したが、自分が話しかけられた場所は、まさしく女性が身を投げた同じ棟の同じ階で間違いなかった。とはいえその二年前に、彼女はそこで亡くなっているのだが。

ヤマモトさんは、今でも時折、あの日の団地から見た空を思い出すという。

十一階の廊下の向こうに広がっていた、ぞっとするほど美しい夕焼け空を。

校舎五号棟三階

「怪談って、幽霊が出てこなくても怪談になるんだね」

マキノさんは深々とうなずいた。

「僕はむしろそういう話の方が好きですね」

ヒサトくんは、大の怪談好き。仕事の休憩中にも怖い話を楽しみたくて、先輩のマキノさん相手に、知っているネタを幾つもしゃべり続けていた。

もちろん、中には直接的に幽霊が出現しない怪談もあり、それがマキノさんには新鮮だったようだ。

「そうだなあ、幽霊が出てこなくてもいいんだったら……」

俺がいちばん気持ち悪かった思い出があるんだけど、聞いてくれる?

マキノさんは、関西のとある小学校に通っていた。

年代ものの校舎は、細長い棟が五つ連なっているという、かなり特殊なつくり。それぞれの隣接部分は渡り廊下で繋がっているのだが、一つだけ独立して封鎖されている棟がある。

それが五号棟だ。校舎全てが同じ時期につくられたはずなのに、この建物だけ、なぜか老朽化が激しいという理由で立入禁止となっている。一階だけは入れるのだが、その教室も倉庫代わりに使われているだけで、生徒が出入りすることはない。

両端にある二〜三階へと続く階段は、バリケードや鎖で完全封鎖されており、誰も上れなくなっている。

小学四年生の秋頃。マキノさんは悪友四人とともに授業をサボっていた。理科の教師がやけに厳しいので、その時間だけボイコットしていたのだ。

校舎裏に隠れておしゃべりに興じるうち、誰からともなくこんな提案が出てきた。

「五号棟の二階三階、探検してみようや。あそこ、誰もいったことないやんな」

実は片側の階段だけ、バリケード下部に小さな隙間があいていることを、彼らは知っていた。

誰もいない校舎にこっそり忍びこみ、封鎖の穴から階段に入る。ぎしぎしぎしぎし。老朽化のためか、木造のステップはやけにきしんだ音をたてる。

まずは二階を見渡してみたが、まっすぐ延びた廊下に、がらんとした教室が続いているだけ。

「なあんも、ないな」

まったく使用されていないので当然だが、高まった冒険心に肩透かしをくらった気分だった。

こんなもんか。もういっこ上のぼろう。

ぎしぎしぎしぎし。三階へと続く階段は埃だらけだった。二階以上にずっと人の立ち入りがなかったのだろう。そういえば先生たちからは「床を踏みぬくから立入禁止」と注意されていた。皆、びくびくしながら一歩一歩ふみしめていく。

三階もまた、空き教室と廊下の他は、ひっそりとなにもない空間だった。ただ一つ、二階と違った点がある。

「なんや、あれ？」

一直線に延びた廊下の突き当たりに、机が一つ、ぽつりと佇んでいた。

教室にあるただの机なのだが、廊下に配置されているというだけで、なんだかやけに不気味な光景に見える。

五人はゆっくり、奥へと歩を進める。

すると机の上に、人形が一体置かれているのがわかった。

パッチワークというのだろうか、余ったボロ布を手で縫いあわせた、下手くそなつくり。目はボタンが二つだけ、口は赤い毛糸を一本、髪はぼさぼさの黒い毛糸がつけられている。

その異様な風体に、マキノさんは寒気を覚えた。もう帰ろうと言い出したかったが、友人たちの手前、我慢するしかない。

とはいえ皆も気味悪がっているのだろう。五人で机の前に立ったまま、誰も人形に触ろうとしない。

「うわっ！」

すると突然、お調子者のNが人形を手に取りざま、こちらに放り投げてきた。とっさにマキノさんが避けると、それは胸にぶつかってポトリと落ちた。

「なにやってんだ！」「えへへへへ」

と、皆の視線が、下の人形に向けられた。廊下にうつ伏せになっているため、先ほどは見えなかった裏側が向けられている。その右足ふくらはぎに、白いタグが縫いつけられている。

そこには、黒いマーカーで大きく「ヤマウチ」と書かれていた。

「……なに？　ヤマウチって」「誰か他に忍びこんだやつが、ふざけて書いたんかな」

そう話しているうち、外でチャイムが響きだした。次の授業までサボるのも具合が悪いので、またひっそり五号棟を抜け出していった。

彼らのクラスにはちょうど、ヤマウチくんという目立たない生徒がいた。いじめられっ子に近いタイプで、からかいの対象となることがよくあった。悪ガキ五人が、この偶然に注目しない訳がない。

「なあ、あの五号棟にヤマウチって人形があったぞ。お前のちゃうん？」「おいおい、小四にもなってお人形遊びしとるんか？」

冒険後の興奮も手伝って、しつこく大声ではやしたてた。

「ちがうよ、そんなことしないよ」

度を過ぎたからかいに、ヤマウチくんは泣きながら教室を飛び出した。その足で担任の女教師のもとに行き、彼らが五号棟に入った経緯もふくめ、事の次第をチクってしまったのだ。

その日の放課後、五人は担任に呼び出しをくらった。職員室横の生徒指導室におずおずと入っていく。

五人としては、ヤマウチくんをいじめた件について怒られると思っていた。立入禁止の校舎に上がったことなど、それほど大した違反ではないだろうとの認識だった。

しかし先生は、説教の最初で「ヤマウチくんは友達だから大事にして」と軽く触れただけ。そこから急に語気を荒げ、二つの点について延々と彼らを叱り続けた。

一つは「絶対にあの校舎には入っちゃだめなの！　上がっちゃいけないの！」

もう一つは「絶対にあの人形には近づいちゃダメなの！　さわっちゃいけないの！　ありえないことなんだから！」

叱られている五人の中で違和感がふくらんだ。なんで先生は、人形の存在を知っているんだろう？　明らかにあの三階は、長年にわたって誰も足を踏み入れてない様子だったのに……。

ともかくマキノさんは、先生のあまりの剣幕に、自分とお調子者Nが人形に触れてしまったことを切り出せなかった。


特に何事もなく二週間が過ぎた。

土曜日、マキノさんが自分の部屋でごろごろしていると「ただいまあ」と母親が帰宅する声が聞こえた。なぜかそのまま二階への階段をどんどんと上がり、部屋に入ってくる。

「なんやねん」

寝転んだまま顔を向けると、母親は手にビニール袋を持ったまま、きょとんとした顔で立っている。

「あれ、なんでやろ。なんか入ってきてしもうたわ」

「はあ？　ええけど、バザーでなんか買うてきたんか」

その日、小学校では保護者バザーが催されていた。前週までに父母がいらない物品を持ち寄っておき、先生たちが値段を付け、段ボール箱に置いておくというものだ。

「ああ……」と母親がビニール袋を傾けたところで、マキノさんは目を疑った。

袋の口から、あの「ヤマウチの人形」が顔を出しているではないか。

「な、なに持ってきとん！」

「なにがよ、どうしたん？」

先々週のあらましを説明すると、母親の顔もどんどん青ざめていった。

「いや……そういえば私もこれ、なんで買うてしもうたかわからんわ……」

人形は段ボール箱の片隅で、四〇〇円にて売られていたらしい。しかしこんなボロボロの人形など、たとえ無料でもいらないはずだ。我に返ってみれば、母親も自分の行動が不思議でたまらないという。

結局、人形は大きな寺院に持っていき、供養してもらった。それからしばらく、マキノさんはこの件について必死に忘れようと努めた。母や友人たちに対しても、人形の話題は触れないようにしていた。

ただ、二十歳を過ぎた頃、ふと母親に当時について聞いたことがある。

「ああ、あれな……実はあん時、わざと話さなかったんやけど……」

校内の教師に一人、母の昔からの友人がいたので、事情を尋ねてみたらしい。

それによると、昔、五号棟の三階からヤマウチという男子生徒が飛び降り自殺をしたというのだ。それから棟全体が立入禁止となった。そして供養のため、今でも「ヤマウチの人形」が置かれているのだ……と。

しかし三十代となった今でも、マキノさんはこの説明に納得していない。

「だっておかしいでしょ。本当に小汚い人形だったんだから。そんなもん、誰がお供えするんだって。それは嘘の説明で、絶対なにか隠してるんだと思う……」

五号棟ふくめ、その校舎はすべて現存している。

マキノさんの時代からたびたび、取り壊して新校舎をつくる予定が立ち上がるのだが、いつも頓挫《とんざ》してしまうらしい。

この話を聞いたヒサトくんは、さっそく同校について丹念に調べてみた。すると五棟とも三年前に耐震工事を行っていることが判明。リフォームしたのなら、まだ建物を残すつもりなのだろう。そして五号棟立入禁止の理由が「老朽化」だったのなら、工事後の今は入れるようになっているかもしれない。

「小学校の中を取材するには、どうしたらいいんですかね？」

そんな相談をヒサトくんから持ちかけられたため、私も以上の顛末を知ることとなったのである。もし許可が下りれば、私も現地取材に同行させてもらおうと思っている。

「ヤマウチの人形」は、今も五号棟三階にあるのだろうか。

成長

マキノさんは続けて、ヒサトくんにこんな話を語った。

「さっきの幽霊が出てこない話とは逆に、俺の人生で唯一〝ハッキリ見ちゃった〟体験なんだけどね」

今も住んでいる西新宿のマンションでの、一年前の出来事。

ベッドで寝ていたマキノさんは、猛烈な腹痛で目が覚めた。下腹がキリキリうずいてとても耐えられない。食あたりの下痢かと、急いでトイレにかけこむ。

マキノさんは自室で一人の時、トイレのドアを開きっぱなしにする癖があった。この時もいつも通り、扉を開放したままだったのだが、その向こうの空間から、妙な気配を覚えたのだという。

――おおい、おおい
甲高い声がする。小さい男の子の、無邪気なかけ声のようだった。

夜中の三時だ。幼児が楽しげに誰かを呼ぶというシチュエーションはおかしい。第一、その声は明らかに室内で響いているのだ。もっと厳密には、さきほどまで寝ていたベッドの上から。

え……？　と体をこわばらせた、その時。

とととととっ。開いたドアの前を、人影が歩いていく。

赤いTシャツを着た、身長一メートルに満たない男児に見えた。

そのまま子どもは玄関の方へと姿を消した。

「うわあ！」

ドアを手前にバタンと閉めたマキノさんは、出るに出られず、便器の上で震えていた。

結局そのまま、朝の出勤時間まで閉じこもっていたそうだ。

その時と同じような、「おおい、おおい」という男児の呼び声は、今でもたまに聞こえるのだという。

「あ、こうやって話してるうちに思い出した」

怪談を語らううち、忘れていた記憶が引き出されるのはよくあることだ。

「俺、その前にも一度だけ、〝ハッキリ見ちゃった〟ことあるわ」

三年前、世田谷区太子堂に住んでいた時だという。

深夜三時頃の就寝中、これもまた急な腹痛が襲ってきた。トイレで水便を排泄した後、やれやれとベッドに戻る。そのまま瞳を閉じようとしたのだが。

すぐさま、脳が覚醒した。

おさまったかと思われた腹の痛みが、再び復活したのだ。

なんだよ……変なもんなんか食ってねえぞ。

仕方なく起き上がろうとしたところで、違和感を覚えた。自分の下腹の痛み。それはさきほどの下痢のような腸内の呻きとはまた違う。皮膚の外側から伝わってくるようだ。

明らかに、なにかが腹の上で、重くのしかかっている。

ばっとかけ布団をめくった。薄闇の中、股上のあたりで影がもぞもぞとうごめいている。

それが、ひたっ、ひたっ、と顔の方へと近づいてきた。

赤んぼうだ。

乳飲み子ほどのそれが、自分の上半身をゆっくりはいずってくる。

悲鳴を上げて跳ね起きたマキノさんは、そのまま外へ飛び出し、夜明けまで部屋に戻れなかったという。

――マキノさんもヒサトくんも、自分たちの怪談ネタを出しつくしたようだ。

仕事の休憩時間も終わりに近づいている。そろそろ持ち場に戻ろうとなったところで、

「ああそうか……そういうことかも」

マキノさんは、はたと気づいたような声を漏らした。

「なんですか？」

「いや、その赤ちゃんがもし男の子だったら」マキノさんが目をそらす。

「それがそのまま大きくなってたら……確かに、三歳くらいになってるはずだよなあって」

語っていたのは怪談ばかりだが、この休憩中ずっと、互いに合いの手を入れるなど陽気な空気が続いていた。

だがこの一言を呟いたマキノさんの声と顔は、これまでの付き合いでも見たことないほど暗く沈んでいる。

彼が放埒な女遊びを繰り返しているのは、職場内でも周知の事実だった。

そういえば両体験とも、下の方の腹痛に絡んでいるところが、出産を想起させる。あるいは、なんらかの理由で産まれなかった子について、彼には心当たりがあるのだろうか。

「あ、もう戻らないとヤバいですよ」

ヒサトくんはつとめて明るく、マキノさんをせっついた。

古い家

カズオさんが文京区白山のアパートに住んでいたのは、学生時代だからもう四十年近くも前になる。しかし当時からたいへん古びた「年代物」の装いを呈していた。

戦後間もない頃に建てられたのであろう木造モルタル二階建て。建物に入るとまず玄関土間で靴を脱ぎ、そこからスリッパに履き替えなければならない。そこから各々の部屋に入るという学生下宿のような形式で、一九七〇年代末でも「都心にまだこんなアパートが残っているのか」と思ったものだ。

ただ古いだけでなく、今思い返すと、入居時からしておかしかった。

なぜか、前住人の残留物がそのまま残されていたのである。

備え付けの食器棚には、茶碗、皿、箸、お椀などの食器に加え、調味料すら大量に置かれたまま。その他にも細々とした小物類、はてはアイドルのポスターまでもが、はがされずにあったという。

しかし大家さんの「よかったら使えばいいわよ」なる言い方があまりに気軽だったので、上京したてのカズオさんは（東京ってこうなんだ）と思い、「ありがとうございます」などと答えてしまった。もちろん気味悪いので全て処分したが、梁に飾られた「さだまさしのサイン色紙」だけは、田舎出身の若者が初めて見る有名人のサインでもあり、退去するまでそのままにしておいた。

その部屋で「サラリーマン」に会ったのは、合わせて二回だった。

一つ目は、正月の帰省から戻ってきた、一月終わり頃。カズオさんが薄暗い和室で寝ていると。

ミシッ、ミシッ、ミシッ……

そうっと畳を歩く足音がする。この部屋には、よく学友たちが寝泊りに来ていたので、その誰かだろうと思った。適当に眠るスペースを探しているんだろう。自分を起こさないように気を使っているようだが、わざわざ対応するのも面倒くさい。そのまま横になって目を閉じていたのだが、かなりの時間が経過しても、まだ足音が続いている。

もういいかげん煩《わずら》わしい。声をかけようと瞼《まぶた》を開けたところ。

すぐ目の前に黒い影があった。人間らしきものが、自分をぐいっと覗き込んでいたのだ。

とっさに後ろに飛びのくと、それは背広を着てネクタイを締めた風体の男だとわかった。だが顔だけは、黒く染まっていてなにも見えない。

「うわあっ！　うわあっ！　うわあーーー！」

他の住人に助けを求めようと、カズオさんは三回、悲鳴をあげた。サラリーマンの知り合いなどいないので、泥棒かと思ったのだ。懸命に叫んだ後、ハッと我に返るとサラリーマンは消えていた。すぐに起き上がり部屋の明かりを点けたが、部屋はもぬけの殻となっていた。

二回目の遭遇は、その翌年に起きた。年末年始のバイトに明け暮れた後、そろそろ新学期が始まろうという、ある夜。

横になっていたカズオさんの耳に、ミシミシという畳を踏む音が響いた。去年のことなどすっかり忘れていた彼は、同じように（友達の誰かが来たな）と、それを無視していた。だがやはり、足音は三十分ほどしても止む気配がない。頭の奥にしまいこんでいた光景がかすかに閃き、布団の中から体を起こす。

黒い顔がこちらを覗いていた。自分の真横に立つ男の服は、やはり背広とネクタイのサラリーマン風。

叫び声をあげつつ、今度はすぐに電灯を点ける。しかしその瞬間、男の姿はかき消えてしまった。

……これ、去年の、同じやつ……！

記憶が完全によみがえった。またここに及んで、男が泥棒の類ではないことにも気づいた。

先述通り、この建物は入り口に土間があり、靴を脱いで上がることになる。誰かが訪問するたび、アパート玄関から向かってくる音、古い階段をのぼるギシギシという音がいつも響いている。さらに自分の部屋もオンボロなので、ドアを開ける際はノブを上に持ち上げないと回らないが、その都度「ガタン」と大きな音がたてるはず。そこから入った板の間も、踏めばうるさく「ギイー」ときしむはずなのだ。

しかし男の出現は二度とも、いきなり畳を踏む「ミシッ」から始まっている。ウトウトしていたとはいえ、ありえないことだ。

いや、それよりいっそう不気味な点に気づいてしまった。

――今日って、前の年と、まったく同じ日じゃないか？

一年前と、一月終わりの日付が一致している。あの男は毎年同じ日に、ここにやってくるのか。いったい今日、ここでなにがあったというのか？

しかしそんな事実などはいっさい知りたくもない。カズオさんはその日から友達宅を転々とし、契約満了前にアパートをひきはらってしまった。

私が調査したところ、驚いたことに、このアパートはまだ現存していた。アパート名も当時のままだ。

とはいえ体験談の時点ですでに築三十年超、そのままなら七十年以上の築年数になってしまう。さすがに一九八〇年頃に建て替えを行ったらしく、カズオさんの居た頃とは外観など変化しているはずだ。

ただ、そこからまた四十年近く経っているため、建物自体はかなり古びている。人の気配もなく、廃墟かと思ってしまったほどだ。しかし近隣の人々に聞き込むと「まだ人は住んでますよ」とのこと。それならばと建物前でじっと人の出入りを待つ。そのうちに住人が出てきて玄関が開いたので、それとなく内部の様子をうかがう。

そこでまた驚いた。カズオさんから聞いた通りの、古びた玄関土間がまだ残されていたのだ。さらに狭く急な木造階段が続いている。今では文化財建築でしか見かけないような、おそろしく古い階段だった。建て替えたといっても外側だけで、内部は体験談当時のままになっているのだ。

建築法上、このような物件を賃貸アパートとして使うことができるのだろうか。大家も代替わりしているはずで、都心のため相続税も高いはずなのに、ずっと残しておく意図がわからない。

この建物は、なにか取り壊せない事情でもあるのだろうか。

韓国軍基地

多くの人が知る通り、韓国ではすべての成人男子に兵役義務が課せられている。特別な免除がないかぎり、徴兵検査を受け、二年近くも実際の兵として勤務しなければならないのだ。

現在、日本で働いているカンさんもその例に漏れず、若い頃に兵役を体験した。軍隊というと非常に厳しいイメージがあるが、実際には配属先や担当する仕事によって、相当の当たり外れがある。そしてカンさんの場合は「当たり」の方だったらしい。

彼が送られた基地は設備が新しく、空調やベッド、大浴場も贅沢すぎるくらい快適だった。さらには女性兵士も多いため、彼がいる間だけでカップルが幾つも誕生したとか。

そんな施設に配属されて一か月ほど経った頃、カンさんは様々な怪事を聞き及ぶようになった。

それは最初、ささやかな異常から始まる。

夜、まどろんでいる兵士たちが、祭囃子《ばやし》のような音を聞いたのである。

ピーピーシャカシャカドンシャーン
笛や弦楽器、手打ち銅鑼《どら》が混じったようなアンサンブル。

基地の周りには町もあるが、敷地自体が広大なのと、音の近さからして施設内側で響いているようだ。イベント開催日ではないし、どこかの部隊が余興を催している情報もない。皆がいぶかしんでいると、音は十五分くらいでぴたりと止んだ。

その少し後、今度は食堂の壁に異変があらわれる。

新築に近い白壁の、ある箇所にだけカビが生えだした。カビは日に日に範囲を広げていき、やがて文字のような模様を形づくっていった。

時を同じくして、宿舎の中庭をゆく女性の一団が目撃されるようになる。決まって早朝、七、八人の女が塊となって、ものすごい速さで庭を横切っていく。目撃者によれば、彼女らはチマチョゴリらしき服を着ているのだが、その造形がいやに時代がかっていたという。チョゴリの原型となった北方アジアの民族衣装「胡服《こふく》」を思わせるようなものだったとか。

事態はどんどんエスカレートしていく。一か月もすると、女たちは中庭だけでなく練兵場にも出るようになってしまう。その頃には食堂の壁のカビも、くっきりと濃くなっていき、一つの字として読み取れそうだった。

カンさんと同じ部隊にいた延世大学の学生は、それをハングル成立前に使われていた旧体漢字の、さらに古いバージョンではないかと推察。意味としては「断つ」を表すのではないか、と。

深夜の祭囃子は相変わらず止むことがない。どころか日増しに鮮明になっていく音色を、基地内のほぼ全員が耳にしていた。

兵士たちは、いよいよ恐怖を訴えるようになった。


そんなある日、一人の若い下士官が、いきなり卒倒する事故が発生した。彼は最近、他の基地から転任したばかり。作業中、前触れもなく口と鼻から勢いよく吐しゃ物を噴出し、泡をふきながら意識を失ったというのだ。

基地内の病院で眠り続けた下士官は、三日後、何事もなかったかのように目を覚ました。しかしそれから奇怪な言動が目立つようになり、扱いに困った上層部は、とうとう彼を故郷へ送り返してしまった。


不思議なことに、彼がいなくなった直後から、基地内の怪事は収束に向かっていったという。食堂のカビはみるみる薄くなり、中庭を走る女たちの姿はボヤけはじめ、首から下がほぼ見えなくなった。夜中の祭囃子も空耳程度にしか聞こえなくなったのである。

もはや兵士たちの話題にも上らなくなった頃、気づけば全ての異常事態はさっぱり消えてなくなっていた。

そしてカンさんが兵役を務め上げ、晴れて除隊となる、その直前。一連の出来事が気になっていた彼は、仲良くなっていた内科医に、下士官が倒れた時の様子を質問してみたそうだ。

医師によれば、ベッドに横たわっている間、下士官は奇妙なうわごとばかり繰り返していたという。三日三晩ずっと、いつも同じ内容の台詞《せりふ》を。

彼がどんなことを喋っていたかは、カンさんも詳しく聞いている。ただいかんせん、その言葉遣いは日常会話とかけ離れた、「詩」のような物言いだった。なので適切な日本語に訳すのが難しいそうなのだが、意味としては以下のようになる。

「自分は古い霊である。この地にはさらに古い魔物がいて、私に襲いかかろうとしている。私は食べられてしまう。怖い、怖い」

また別の同僚、下士官と同じ出身校の者に訊いたところ、どうやら下士官の実家は、地元で有名なムーダン（韓国のシャーマン）の家柄だったそうだ。代々、彼の親族たちは神がかりとなって託宣を告げることを生業としていた。

……ひょっとしたら、下士官の体には、彼の生地の霊が憑いていたのかもしれない。

これらの情報から、カンさんはこう推測しているようだ。

あの新しい基地は、古い神の眠る場所に建ててしまったのではないか。そのため次第に怪事が起こるようになったのだが、そこにまた、下士官とともによその地域の霊が入り込んできてしまう。

二つの古霊がぶつかったことで化学反応が起き、両方とも雲散霧消してしまったのでは……と。

いずれ真相はわからないが、なかなか興味深い怪談事案ではないだろうか。

悪意の家

長年にわたって怪談を集めていると、怪異に出くわす「現場の共通点」が浮かび上がってくる。私はかねてより、怪談現場の多くが、暗渠《あんきょ》や埋め立てられた川沿いなどの「元・水場」（かつて水があったが今は隠されたり消えたりしている場所）に集中していると指摘し続けている。

今回の取材では「崖下の家」での体験談が多く見られた。崖下、つまりアップダウンが激しい立地の低地側ということだ。急峻な谷地とは、川もしくは低湿地ということなので、これも広い意味での「元・水場」になる。

「どうして、おじいちゃんがあんな家をつくったのか……すごく悪意を感じるんですよ」

チエさんは、子どもの頃に住んでいた家について、そう語りはじめた。

栃木県は日光いろは坂近くに、その一軒家はあった。父方の祖父が建てたものだ。

現在は取り壊されて更地となっているが、私もグーグルマップにて正確な位置を確認してみた。

確かにチエさんの言わんとすることはわかる。その跡地は、川近くの切り立った崖下だ。陽も差しづらく、雨になると裏手の広場になった高台に溜まり、その水が家まで落ちてくる。といっても、そこにしか家屋を建てられなかった訳ではないのだ。

父方の祖母は地主であり、周辺のかなり広大な土地を所有していた。私が地図をみても、なぜこれだけの土地がありながら、ピンポイントで崖下、それも雨水が滝のように降り注ぐ地点を選んだのかわからない。

また、なぜか明るい南側に窓がいっさいなかったため、家全体が薄暗かったという。ちなみにチエさんには、取材前に残された設計図を確認してもらっている。

これを設計した祖父は、祖母の再婚相手だった。つまり夫婦の息子＝チエさんの父親ふくめ、家族の誰とも血は繋がってはいない。「悪意を感じる」とまで言うには、他にも色々な事情があるのかもしれないが……ともかくここでは怪異体験について記していくことにしよう。

そうした家のせいか、チエさんはたびたび奇妙な体験をしている。

父親は会社勤めをしていたが、油絵教室を開くほどの画家でもあった。北側の最も暗い場所にあった父のアトリエには、いつも二人の「鬼」がいたという。鬼というのは小さかったチエさんの表現であり、角が生えている訳ではない。緑と黒の混じったゴツゴツした肌で、背は一五〇センチほど。双子のようにそっくりだった。

父親が会社に行っている間、チエさんがアトリエで本を読んだりしてると二人が出てくる。「あそぼう、あそぼう」とまとわりついてくる。特に恐怖を覚えず、そうした人が家に住んでいるのだと思っていた。

ただ、なんの気なしに母親に「鬼」のことを話した時、とたんに母親の顔は凍りつき、「そのことは二度と言わないで」と固く戒められた。

中学二〜三年生の頃は、毎晩のように金縛りに悩まされていた。ある日突然、クラスメートの少年から「背中になにか憑いてる。寝る時にもうなにもしないでってお願いしてみたら？」とアドバイスされたこともある。その夜、ベッドの上で言われた通りにしてみたとたん、「だだだだだっ」と背中をたたかれた。明らかに人の拳の感触だったことを、今でも覚えている。

特に長く続いていたのは、家中を歩く音とともに聞こえる、女のすすり泣きだった。ベッドに入っていると、毎夜のように家のどこかの床がきしみ、家族の誰でもない声の、ヒクヒクという嗚咽が聞こえてくるのだった。

これについては、なんとなく思い当たる節もある。

チエさんの枕元にはずっと、一体のフランス人形が置いてあった。高級なアンティークではない。昭和三十~四十年代に大量生産された国産メーカーのもので、下部にオルゴールが設置されている。玩具マニアならずとも見覚えある人は多いだろう。

元々は父の絵画教室に通う女性からもらった人形だ。「ファンクラブがあった」とチエさんが述懐するように、ハンサムな父親はとにかく女性からモテていた。

「この人形を、絵に描いてください」

女性は、そう告げてフランス人形を父にプレゼントしていた。ただし父はその一途な想いを無視するかのように、「こんなもので作品は描けない」と、放ったらかしにしていた。

そしていつのまにか、チエさんのベッドサイドに置かれるようになったのである。

「でもそれから毎晩、人形が寝ている私を起こしてきたんです」

夜中いつも、オルゴールの鳴る音で目を覚まされる。停止状態のはずの歯車が勝手に巻かれているのだ。

瞼を開ければ、きまって人形はこちらに背を向けている。音楽とともにゆっくり回転していく。そしてチエさんとぴたり目が合ったところで動きを止める。

大きな瞳が、なにかを訴えかけるかのように、じいっと自分を見つめてくる。

その視線には、内に秘めた「悪意」が込められていた。

チエさんはさんざん、母親にその人形を家のどこかに移動させるよう頼んだ。それも人形に聞かれないよう、自分の部屋以外のところでこっそりと。その度、母親は「別にいいわよ」と了承した。しかしいくら場所を移しても、その夜のうちに人形は枕元に戻ってきてしまう。そしていつも、オルゴールの音色で夜中に目覚めさせられるのだ。

人形が勝手に動いているのか、父母のどちらかがこっそり置いていくのか、それはわからない。

一年の間、そんな毎日が続いた。

しかしある日の学校帰り。あいにくの雷雨にずぶ濡れとなったチエさんは、慌てて我が家を目指していた。

玄関まであと少しというところで、庭先にあのフランス人形が放置されているのを見つけた。しかも今朝まで見ていた姿とは大違いで、汚れに汚れきっている。いくら豪雨とはいえ、短時間でここまでボロボロになるのだろうか。

その時、空に稲光が走った。一瞬だが、雷光で照らされた人形の顔が、こちらをにらみつけていた。表情そのものが歪んでいる。これまでとは比べ物にならないほどの強烈な「悪意」が、そこにはあった。

それを最後に、人形は家から姿を消した。誰がどこにやってしまったのか、今でもまったく不明である。

ただ後日になって、嵐の中に人形を放置したのが母親だったことを知った。

そしていなくなった人形と入れ替わるように、足音と女のすすり泣きが、夜中の家に響くようになったのである。

どうやらその家には、祖父とは別にもう一つ、いやもう二つの「悪意」があったようだ。

スクラップ場前の家

ミカさんが子どもの頃、鹿児島市郊外のとある町に、両親が中古の家を購入した。

一階が台所とリビング。階段途中の中二階に物置部屋があって、さらに上の二階・二部屋が子ども部屋だった。

目の前がスクラップ工場で、何台もの廃車が積まれていたそうだ。ミカさんら三姉妹は、なにがあったかわからない残骸に不気味さを感じつつ暮らしはじめた。

ちなみに先述した「悪意の家」と同じく、この物件も崖下に位置している。町自体は平地の多いエリアなのに、わざわざ崖に隣接するように家を建てているのだ。

崖の方向から陽がささないため、屋内がやけに陰気で湿っぽい。特に二階の子ども部屋は崖側にあるため常に薄暗かった。妹たちはいつも、二階にミカさんを上らせ、電気をつけてからでないと立ち入らないほどだった。

夜寝ていると必ず、中二階あたりの階段をミシミシとのぼる音がする。母かなと思って待っているが、誰もやってこない。それはほぼ毎夜続いた。

いきなりミカさんの部屋の壁が、ベコリとへこんだこともあった。朝起きてみると、漆喰の壁に直径一メートルほどの穴が出来てしまっていたのだ。そこはミカさんの一人部屋だったので妹たちの仕業ではない。しかし子どもたちの証言はいっさい信じてもらえず、父も母も「ケンカで暴れたんだろう」と決めつけるばかりだった。

その家には四年ほど住んでいた。そこで父親が異動になったため、借家として賃貸に出すこととなる。借りたのは、三十代の息子と六十代の母親という母子だった。

月日は流れ、ミカさんも二十歳になった。

その頃、彼女の一家は鹿児島市内に新居を建てて暮らしていた。あのスクラップ場前の家には、ずっと母子が住み続けている。

しかしある時期から、滞ったことのない家賃がパッタリ途絶えるようになってしまった。三か月も滞納が続いたが、母子どちらにも連絡がつかない。

「こりゃ夜逃げされたかなあ」能天気な父親は、あまり気にしていないようだった。

「そしたらあの家、ミカが今の彼と結婚したらあげるわよ」親公認の恋人の名前を出しつつ、母親も気楽に笑う。

冗談じゃない、あんな変な家いらないよ……。ミカさんは適当に親の言葉を受け流した。

そのすぐ後、ミカさんが彼氏とドライブデートをしていた時、たまたま例の家の近くを通りがかっていることに気がついた。「結婚したらあげるわよ」なんとなく母親のセリフがよみがえってくる。

まあ家賃の件もあるし、いちおうどんな状態か見ておこうかな。

彼氏に事情を説明し、立ち寄ってみることに。しかしなぜか、記憶どおりの道を辿っていっても所在地が見つからない。

おかしいなあ……。いったん国道に戻り、なんとか住所から道順を探索する。すると雑草がぼうぼうと生い茂る小道が、家へのルートだと判明した。確かに見覚えのある道だが、あまりに以前と変わってしまっている。脇のスクラップ場もただの空き地になっていたため、すっかり見過ごしていたのだ。

丈の高い草木をかきわけつつ進んでいく。どこにも踏み跡がなく、しばらく誰も通っていないのは明らかだ。

その先にあったのは、廃墟と見まごうばかりに荒んだ家屋だった。

壁はあちこち汚れたままで、軒先にはいつからあるかも知れないゴミが散乱している。

なにこれ、人が住んでるの……⁉

勝手口の窓のカーテンが少し開いていたので、おそるおそる内部を覗いてみる。そこから見えたのは、今引っ越してきましたとばかりの、山積みになった段ボール箱だった。

そしてもう一つ、嫌な臭いが漏れているのも気にかかった。今まで嗅いだことのない、なにかが腐ったような臭い。

ふと足元に目を下ろすと、ドアから数匹の蛆虫が這い出していた。

すぐにその場を後にした。あまりにも気味が悪く、すぐには親に言い出すこともできなかった。

ただその数日後の夕方、実家に一本の電話がかかってきた。父親が出て「はい、はい」と応答する。

その直後から数分間、ミカさんの記憶は飛んでいる。これは後で父から聞いた話だが、先方が用件を切り出す前、父親がなにげなく横を向くと、すぐそばでミカさんが正座しながら

「〇〇（町名）の家に不吉なものがあるから早く行って」

と呟いたのだという。当のミカさん自身は覚えていないのだが、「あれにはゾッとした」と、父はたびたび漏らしている。

予想通り、電話は例の家についての連絡だった。

あの中年の息子が、台所にて首を吊っていたのだ。

母親の行方はわからない。他に身寄りがないため、捜索願も出されていない。事件性があるかどうか微妙なので、警察もまずは母親へ連絡をとろうと動いている。

そして例の家についても、賃貸契約があり、相手の所在が未確定である現状、いくら家主でもすぐには手を出せない。強制措置もとれたかもしれないが、昔の地方で、かつ個人間の契約だったため、父はトラブルを避け、ひとまず様子見となった。

とにかく数日間、宙ぶらりんの状態が続いた。

そんなある夜のこと。

眠りについていたミカさんは、突然なにかに体をひっぱられて目を覚ました。

髪の根本と、バンザイするように上がった両手が、がっしり掴まれている。そのまま布団から出され、ずるずると引きずられていく。

部屋には妹も一緒に寝ている。思いきり妹の名前を呼ぼうとしたが、どうしても声が出ず、ひゅうひゅうと息が吐かれるだけ。

ずる、ずる。ひっぱられていく先にはクローゼットがある。必死に頭をそらすと、いつのまにかその扉が開いているのが見えた。

ずる、ずる。クローゼットの中は、真っ暗闇の穴が広がっていた。

あの中にひきずりこむつもりだ、閉じ込めるつもりだ。

そう直感し、頭が恐怖で満たされた。ミカさんの全身がそれを拒んだ。

「おかあさーん！」

なんとか悲鳴を上げた瞬間、ふうっと両手と頭の感触が消えた。

すぐに両親が寝室にかけこんできて、「どうしたの！」と、部屋の隅でがたがた震えるミカさんをなだめる。

「おかあさん、おかあさん……」

しかし口から出たのは、自分でも思いがけない言葉だった。

「……中二階のタンスの中にいるから探して」


翌日、父親は例の家について警察に連絡した。問題になっても責任は負うので、と家宅捜索を依頼したのだ。

行方知れずの母親は、中二階の物置部屋にて、遺体で発見された。古いクローゼット型のタンスの中に、体育座りのような姿勢で押し込まれていたのだ。その首には紐が巻かれており、だいぶ前に絞め殺されていたようである。

警察は、自殺した息子による犯行と結論づけた。同意の上だったのか無理心中だったかは、どちらの当事者も死亡し、遺書もないため判明していない。

私自身も当案件について調べてみたものの、今のところ詳細は知りえていない。被疑者死亡のため、殺人事件としての報道がほとんどされなかったようだ。地元紙およびＴＶのローカルニュースで触れられていたとも聞いたが、データベース化されていない地域情報の中から探し当てる時間は、本書執筆までにとれなかった。

それはさておき、事件から二年が経ったある日。

母親が、ふいにあの町の話を、ミカさんに伝えてきた。

例の家のすぐ近く、住所としては隣にあたる住居もまた、空き家になったというのだ。

ミカさん一家が住んでいる時に交流があったので覚えている。そこも隣の家と同じく母子家庭で、母親の方はよく畑の野菜を持ってきてくれる、気さくな人だった。

「あの人もね……息子に殺されたんだって」

たった二年のうちに、隣家同士で「息子が母親を殺す」事件が連続したのである。前回の件で嫌な思いをしているだけに、奇妙すぎる偶然の一致は、ミカさんの背筋を寒くさせた。

このケースついては、私も確認をとっている。はっきりとした殺人事件のため全国紙で報道されていたからだ。

新聞の第一報によれば、東京から帰省していた当家の長男が、なにかの原因で母親と口論になった末、鈍器で殴り倒してしまう。そしてこれも隣家と同じように、「首を絞めて」殺したのである。

続報を追っていくと、三ヶ月後の地域版に、意外な顛末が小さく掲載されていた。「心神喪失で刑事責任を問えず」として、息子が不起訴処分になっていたのだ。具体的な事情が報じられてないため、なぜそのような判断が下されたのかはわからない。

またミカさんの母はこの時、自宅前にあったスクラップ場についても話してくれた。そこは夫婦で営んでいた工場だったのだが、例の事件の少し前に閉鎖している。経営不振による借金を苦にして、二人で自殺したとのことだった。

ミカさんがかつて住んでいた家。その隣にあたる家。そしてスクラップ場の家。

隣り合う二軒ではともに息子が母を絞め殺し、その前の家では夫婦が自殺している。一連の悲劇は、わずか二年という期間で、たて続けに起こったのだ。

ラブホテルの鏡

福島県在住のコウジさんは、私のイベントにも足を運んでくれるような怪談好き。

その日も、友人たちと怪談話に花を咲かせていたという。

その中の一人が「とっておきの話」として披露したのが、地元の有名心霊スポットにまつわるエピソードだった。

現在は取り壊されているので名前を出してもよいだろう。「ガラスの森」という、最近まで南相馬にあったラブホテルの廃墟だ。

そこに肝試しにいった友人の「兄の先輩」は、廃墟内に置かれた鏡をふざけて持っていってしまった。

するとその帰り道、車がダンプカーに正面衝突され、死んでしまったというのだ。

ダンプ運転手の証言では、「兄の先輩」の車がフラフラ蛇行しつつ、自分の目の前に向かってきた。ぶつかる寸前、助手席に女が見えたが、事故後には消えてしまっていた、という。

オチまで聞いたところで、コウジさんはすっかり鼻白んでしまった。

(……いや、それ体験者が死んじゃってるじゃん。嘘の話だろ)

後日、インターネットで検索してみると、やはり似たような話が幾つかヒットした。ちなみに筆者も確認してみたところ、確かに「ガラスの森」については、鏡を持ち去ったものがダンプや車に轢かれる(または轢かれそうになる)といった噂話が、地元掲示板や心霊スポットサイトなどのネット上に流布しているようだった。

ただのよくある噂・都市伝説の類だと切り捨てたコウジさんは、すぐに友人の話を忘れてしまった。


それから二週間後。親戚の集まりで、本家に出向く用事があった。

途中から酒も入り、宴会のような雰囲気になる。親族でも若い世代が集まるテーブルに座ったコウジさんは、いつものごとく話の流れを怪談取材に持っていった。

そのうちに、従兄のお兄さんが、若い頃の体験談を語り出す。

従兄は昔、不良グループに属していた。夏になれば肝試しに行くのが、全国の不良少年の常識である。

「ガラスの森っつう、えらい有名な廃墟があったんだけどな」

ふうん、とコウジさんは先日の友人談を思い出した。こんな短期間に同じ名前を聞くなんて、確かに有名な心霊スポットなんだなあ。

「まあうちら期待して入ってったんだけども、いくらまわってみても、なあんも怖いこと起こらんのよ」

そこで不良少年たちは、なんとか場を盛り上げようと、罰ゲームを企画した。ジャンケンで負けたものが一人だけで廃墟に行き、なにかを持ち帰ってくるというアイデアだ。

そして負けたのは、従兄だった。

皆に囃されながら、一人ぼっちで建物内に潜入した従兄は、持って帰るのにちょうどいいものを物色する。

「なんか奥の方に、抱えられるくらいの大きさの鏡があったんで、それ拾ったのな」

……え、鏡？

半笑いで聴いていたコウジさんだったが、そこで思わず耳をそばだてる。

大盆ほどのサイズの、額付きの丸鏡だったらしい。それを両手で持ちつつ、従兄は廃墟を急々と出ていった。

ところが、である。入り口で待っているはずのメンバーたちの姿がない。周囲をぐるりと探してみても、辺りはしんと静まり返っているばかり。自分を驚かそうと企んでいるのかとも思ったが、そもそも彼らが乗ってきた車も見当たらない。

なんだよ、先に帰ったのか？　そんな場所に一人きりで佇んでいるのも嫌なので、自分の車に乗り込み、ガラスの森を後にすることにした。とはいえ証拠として皆に見せつけるため、鏡は助手席に置いておく。

小道を抜けると、すぐにまっすぐな県道六十二号に出る。夏なので運転席と助手席の窓は開け放っており、夜風が吹き込んでくる。そのまま市街地に向かおうとしたところ、対向車線からダンプがやってくるのが見えた。なんの気なしにすれ違おうとした手前で、なぜか相手が思い切りクラクションを鳴らしてきた。

ああん、なんだよ？

いぶかしんでいるうち、ダンプはやはり激しくクラクションをたてつつ、不自然なブレーキをかけてくる。

思わず従兄もスピードをゆるめる。そこで向こうはハンドルを切り、こちらの車線に乗り入れ、通せんぼする形で停まってしまった。不審がりつつ、こちらも停車するしかない。

するとダンプの運転手が窓から身を乗り出し「あぶねえだろ！」と一喝してくるではないか。

「なに女にハンドルにぎらせてんだ！」

訳もわからずキョトンとしていると、運転手が降りてきて、こちらに向かって歩きながら、

「おめえ、グネグネ蛇行運転して危ねえなと思ってたら、横の女にハンドル操作させてんじゃねえぞ！」

などと怒ってくる。

「あ？　なに言ってんだ？　てめえ」

従兄も窓から顔を出して応戦する。運転手は自分のすぐ脇にきて「だからその女だよ！」と助手席を指さした。とたんにその顔が、あっけにとられた表情に変わる。

もちろん助手席には誰もいない。

「え？　いや、女どこやった？」

なんのことかわからないと答えると、運転手は青ざめながら「と、とにかく気をつけろよ」と駆け足で戻っていった。

おいおい、なんだよこれ……。

夜道の向こうへ去っていくダンプの音を聞きつつ、従兄も車を発進させた。とにかく早く帰ろうとアクセルを踏む。

すると突然、ハンドルが固定されたように感じられた。

いや、ものすごい力で右に左にハンドルを切られてしまうのだ。

パニックになるうち、制御不能となった車が道路を飛び出す。

フロントガラスいっぱいに雑木林が迫ってくる。


一方その頃。

不良少年たちは、ガラスの森の入り口にて不安を募らせていた。いつまで経っても従兄が廃墟から出てこない。さっきから屋内に向かって大声で呼びかけているが、なんの返答もない。

不思議なことに、彼らは入り口から出てきた従兄を、従兄はそこで待っていたメンバーを、お互い認識できていなかった。それどころか、従兄はもう一台の車が消えていたことを確認している。自分が発車させた時のエンジン音だって、彼らが近くにいれば聞こえないはずがない。皆がありえないような感覚誤認を起こしていたのか、その場の時空がゆがんでいたのか。

ともかく、じりじりと待機していた彼らのうちの一人が、従兄の車がなくなっていることに気がついた。

「なんだよ、バックれたのかよ！」「でもいつの間に？」「なんで出てきたのがわかんなかったんだ？」

奇妙な状況に混乱していたその時、不審な轟音が響いた。少し遠くで、なにか大きな物体が衝突したような音だ。

慌ててそちらに向かった彼らは、雑木林につっこんだ従兄の車を発見した。フロント部分が一本の木にめりこむ形で停車しており、運転席の従兄は気を失っている。

「おい大丈夫か！」

彼らに頬を叩かれ、従兄は目を覚ました。車はオシャカになったが、彼自身は幸い軽傷ですんだ。

助手席の鏡はというと、衝突によって窓の外に飛んでいったのか、影も形もなくなっていた。しかしそれなら、割れた鏡面の一部くらいは残っているはずだが、細かな欠片すら見当たらなかったのだという。

コウジさんが聞かされた話を整理すると、以上のようなあらましとなる。

「都市伝説をつかまされたと思ったら、すぐ後でその元ネタというか、体験者に会ってしまったという……それ自体にも、変な〝ヒキ〟を感じましたね」

確かに、怪談そのものが語られたがっているような気のするエピソードだ。実際、従兄の体験談はその後、（変節されつつではあるが）地元の噂やインターネット上など、多くの人々の口にのぼっていったではないか。かくいう私も、こうして語りの伝染に加担することになっているのだが。

もう一つ気になるのは、従兄が持ち去った「鏡」の行方である。

それはまだ雑木林の中に転がっているのだろうか？

それとも、後に流布した「鏡を持っていったら事故にあった」という噂を信じるならば、また元の廃墟へと戻っていったということだろうか？

だとしたら、ガラスの森の建物が撤去されるとともに、鏡もまた粉々に砕け散ったのだろうか？

もしかしたら、と私は思う。

ガラスの森がなくなった今もなお、あの鏡は、日本のどこかの廃墟にたたずんでいるのかもしれない。

そしていつか、遊び心で侵入してきた若者がそれを見つけ、持ち帰ろうとするのを待っているのかもしれない、と。

廃病院のカルテ

これもまた、都市伝説のルーツめいた報告になるだろう。

昔から有名な怪談に、「廃病院のカルテ」とでも呼ぶべき話がある。

若者たちが廃墟の病院へと肝試しに訪れる。そこでふざけた一人が、放置されたままになっているカルテを持ち帰ってしまう。その場ではなにも起こらないのだが、帰宅した彼のもとに一本の電話がかかってくる。通話口から響いてきたのは、女のか細い声。

……あなたがもっていったカルテを、いますぐ、かえしてください。

この後の展開は幾つかの派生がある。慌ててカルテを返してきたので助かった、または再訪した病院にてあまりに怖ろしいものを見て発狂した、もしくはカルテに書いてあった通りの病気にかかってしまった、などなど……。

あまりにもメジャーすぎる噂話のため、実話怪談マニアなら冒頭部分だけで一笑に付すだろう。私だって「廃病院」「カルテ」のキーワードが出た時点で聞く気を失ってしまう。

ただ最近、興味深い事例を一つ聞き及んだ。

間接的な体験談のため、どこかで情報の齟齬が起きている可能性もある。ただ、その後の都市伝説とはまた違うディテールがそこかしこにあり、「本当にあった話」もしくは「ルーツとなった話」ではないかと思わせるリアリティも感じてしまうのだ。

いずれにせよ、ここで紹介する価値はあると、私個人は判断した。


「廃病院のカルテ」は、おそらく一九八〇年代初頭の四国で広まったのが最初と思われる。その舞台となったのは、愛媛のK病院もしくは徳島のA病院。そしてA病院こそが当伝説の発祥元だとする説が、インターネット普及期のログを掘ってみると、ちらほら散見される。もちろんネットの書き込みを全面信用する訳ではないが、「A病院・元祖説」に関わる具体的かつ細かい情報が紹介されたりもしているので、参考程度には考えてよいだろう。

以下は、そのA病院にまつわる体験談。徳島出身の男性に教えてもらったものだ。

暴走族文化が最盛期を迎えていた、一九八〇年前後の頃である。

話をしてくれた男性の先輩は、ゾク仲間数人とで、当時すでに有名廃墟となっていたA病院への肝試しに向かった。

現在は建物すら跡形もなくなっているが、四十年近く前の当地は、まだ様々な備品や残留物が散乱していたらしい。机や棚、薬品、注射器、そしてカルテ。

その異様な雰囲気に圧倒された先輩たち。しかしそれぞれワルを気取っているため、弱みを見せる訳にはいかない。わざと大声で騒ぎたて、はしゃいだノリで探索していった。

「俺、これ持っていくわ！」

ふと気づけば、一枚のカルテをひらひら振っている奴までいる。仮にTとしておこう。度胸を見せつけようとしているようだが、これには皆も一歩引いてしまった。

「いや、それはあかんだろ……」

しかし皆が制止すればするほど、「こんなんただの紙じゃろがっ！」と、Tは調子に乗るばかり。

Tはそのままカルテを丸めて服の中にしまった。場の空気も一気に盛り下がり、もう出ようや、と彼らはA病院を後にした。

しかしその後、Tは仲間の前にめっきり顔を出さなくなってしまう。

皆がバイクを乗りつけるたまり場でも集会でも見かけなくなり、心配する声が上がった。

実家に電話すれば様子がわかるだろうが、暴走族グループという手前、親に話を聞くのもはばかられた。

そうして一週間ほどが経つ。

なじみの場所で先輩たちがたむろしていると、久しぶりにTのバイクがやってきた。いつもはゾク仲間の誰もかぶらないヘルメット、それもフルフェイスのものを付けている。

そして皆の前でバイクを停め、メットを脱いだTの顔は、見るからにげっそり青ざめていた。

「お前どうしたん。病気でもしとんか?」

それがよう……Tはここ数日、自分の身に起きたことを語り出した。

A病院から帰ってきた、翌日の晩である。
Tは、自宅の部屋でごろごろと横になっていた。
どんどん……どんどんどんどん
すると玄関のドアを、乱暴にノックする音が聞こえてきたそうだ。

うるせえなあ……。両親はともに外出している。来客なのだろうが、起きて対応するのも面倒だ。Tはそのまま無視を決めこむことにした。

どんどんどんどん……

ノックはしばらく続いたが、あくまで居留守を装っているうちに、ピタリと止んだ。

ジリリリリリリ
それと入れ替わるように、今度は家の電話が鳴り出した。当時の黒電話のベルはかなりけたたましい。さすがに耳障りなので、やれやれと部屋を出て受話器を取る。

「もしもし」しかし通話口からは誰も答えない。「だれ？」ずっと無言の状態が続く。故障かと思って耳をそばだててみると、すう、すう、という息づかいだけが聞こえてくる。

「なんなん、あほが」わざと乱暴に受話器を叩きつけ、通話を切断した。すると次の瞬間。

どんどんどんどん。またノックの音が響く。

え……？

明らかに玄関からではない。自分が立っている廊下の向こう、居間の扉が内側から叩かれているのだ。玄関は鍵がかかっているし、留守にしている両親の他に家族はいない。

突然のことにパニックとなったTは、とっさに自室にかけこんだ。そして机や椅子をドアの前に置き、バリケードとする。

どんどん、どんどんどんどん
その途端、目の前のドアが叩かれた。あわてて布団をかぶり、そのまま部屋の隅へとはいずっていく。

やばい、これ、昨日のあのカルテ……。

布団の中の暗闇で、体をこわばらせる。また次のノックがするのか、もう帰ってくれるのか。聞きたくないのに、必死に耳をすませてしまう。

どんどんどんどん！

すぐ近くであの音がした。悲鳴をあげて布団から飛び出した。


「……なんないやそれ……押し入れが叩かれた、いうことか」

Tの話に聞き入り、グループの誰もがしんと静まり返っている。そんな中、先輩がボソリと質問を投げかけた。

「いや」と、Tは青白い顔を横に振った。

「目の前や。布団の中の、俺の目の前で、ドアを叩く音がしたんよ」

さらにそれから数日間、ことあるごとにノックの音が響くのだという。たとえ外だろうと、扉やそれに近いものがなかろうと、自分の近くで「どんどんどん」と。

「そんなん気のせいやろ、お前ん頭の中でつくっとる音なだけやって」

先輩たちは、そう諭すしかなかった。

「そうやな……」当人も、久しぶりに気晴らしすれば音が消えるかと思ったようだ。

「ほなけんお前らと一緒にバイク転がしに来た」とKは初めて笑顔を見せた。

おう、行くで行くで。仲間たちはバイクを走らせた。Kがメットをかぶったままでも、
今回ばかりは誰も「ダサい」などと突っ込まない。危険走行もしない、軽いツーリングのようなつもりだった。


そこでKは死んだ。

なにもないまっすぐな一本道で、いきなり転倒したのだ。それほどひどい怪我を負ったようにも見えなかったが、病院に運ばれた時には息をひきとっていた。

現場検証に来たのは、彼らと顔なじみの警官だった。普段は取り締まる側だが、泣きじゃくる先輩たちには同情の顔を見せていた。

「お前らどうした……なんでこないなとこで事故ったんや」

後ろを走っていた仲間も、なぜKがコケたのか、まったくわからない。これはやはり、あの時の祟りなのかもしれない。そうだ、もしかしたら……。

Kが言っていた「どんどんどん」というノックの音。あれが、いきなりヘルメットの中で響いたのではないか？

問わず語りに、彼らはKと一緒にA病院を探索したこと、その後のKの体験談をまくしたてた。

すると警官は「ああ」と顔をしかめながら、

「しゃあない。そりゃ、しゃあないな」

しきりに〝しゃあない〟〝しゃあない〟と繰り返してきたのだという。

パントマイム

午後の勤務中、会社の廊下を歩いていたら、珍妙に体を動かす男を見かけた。

そいつは一人で、すっすっと歩いたり、ひょいとジャンプしたり、顔を窓から出したりしている。

よく見ると、同期のAだった。

なにしているのか眺めていたが、Aはこちらを見向きもしない。ただ夢中で、物体を放り投げるような、細長い棒をつかむような、パントマイムさながらの動作を反復し続けている。

ここは公共構造物の設計などをおこなう企業で、Aはその中でも多忙なダム設計チームに携わっている。気分転換に自己流の体操でもしているのだろう。そう思い、声をかけることなく、その場を去った。

おかしな体操をおこなうAを、その後もちらちら見かけた。彼の奇行は社内でもひっそり噂になっていたようだ。

しばらくして、Aがずっと無断欠勤をしているとの話が流れてきた。

まあ我が社の場合、超過勤務によって体か心を壊してしまう社員は珍しくもない。急務を担っていなければ、しばらく所在確認しないこともあるそうだ。

とはいえ、Aに預けた資料は必要となってくる。チームの同僚が彼の机を漁ってみたところ、引き出しの中に、一枚のＤＶＤが見つかった。

目当ての資料ではなさそうだが、念のため中身を確認してみる。

それは、ダム頂上に設置されている監視カメラのデータだった。そしてまた、幾つものファイルをチェックするうち、ダムから飛び降りる自殺者の映像を整理したものと判明した。

とはいえこれをもって、Aがおかしくなったと判断するのは性急だ。他の同僚によれば、Aは任務として、ダムでの自殺者を減らす対策を考えていた。そのための参考資料として、データを収集していたのだろう。

おおかたの自殺者は、飛び降りるのをためらい、何度も同じ場所を行き来するようだ。動画データのほぼ全てが、そのように逡巡する様子を、監視カメラが捉えたものばかり。

ただ、一つだけ特徴的な映像があった。

雨の日のようだ。まずフレーム外から、白い傘をさした女性がゆらりと現れる。女はそのまま、ダム頂上の転落防止柵まで歩いていく。そして柵の前でピタリと立ち止まる。次の瞬間、白い傘をポーンと後ろに投げ捨てた女は、いっさいためらうことなく、柵を越えていった。女の頭部までが下にフレームアウトしたところで、ファイルが終わっている。

同僚たちは背筋を凍らせてしまった。女がしていた一連の動作に見覚えがあったからだ。その動きは、ずっとAが繰り返していた奇妙な体操そっくりだったった。

パタパタ

スマートフォンが流行する前、二〇〇〇年代前半の話となる。

愛知県在住のマサシさんは当時、三年だけの期間社員として福井県に働きに出ていた。

どうせ短い間なので、住む場所も考えず、とにかく安いアパートを借りておいたそうだ。

そこに引っ越してすぐのこと。夜遅く、部屋でマンガを読んでいると、当時のガラケーにおかしな非通知電話がかかってきた。

「もしもし？」と応答しても、相手は一言もしゃべってこない。その代わり、なにか乾いた物音が聞こえてくる。

パタパタパタパタ……

手で硬いものを叩いているような音。それがずっとずっと続いている。

「もしもし？　もしもーし……なんだよ」

イタズラ電話かと思ってすぐに切ってしまった。

その二、三日後、同じくらいの時刻に電話がかかってきた。今度も番号は非通知。嫌な予感がしたが、とりあえずテレビの音量を下げ、電話に出てみる。しかし向こうはなにもしゃべらず、ひたすらパタパタパタパタパタと聞こえるだけ。

またこいつか……暇なやつがいるなあ。

「なんですか？　どなたですか？　用があるなら言ってくださーい！」

いくら話しかけても返答はいっさいない。さすがに怒ってもいいだろうと判断した彼は、「イタズラするな！」と一喝して通話を切断。

ほんと気持ち悪いやつだな……。気を取り直そうと、またテレビの音量を上げて、深夜番組のドタバタに集中するようにした。

しかしまた二、三日経つと、やはり夜遅くに非通知電話がかかってきたのだ。

あ、絶対あいつだ。

苛ついたマサシさんは一計を案じた。

こちらが反応するから調子に乗るんだ。今度は電話をとったまま、ずっと放置してやろう。通話ボタンを押し、例のパタパタが耳に入ったところでケータイを机に置く。そのまま、マンガを読んだりトイレに行ったり、勝手にくつろいでいた。

三十分以上も経っただろうか。してやったりという気持ちで、とっくに繋がっていないだろうケータイを手にしたのだが。

パタパタパタパタパタパタ

なんと、例の物音がしつこく鳴り響いているではないか。

寒気が走り、とっさに通話ボタンをオフにする。

この異常性に怖れをなしたマサシさんは、非通知からの着信を拒否する設定にした。当然だが、それからはいっさい、例のイタズラ電話がかかってくることはなかった。

そうして一年が経った頃。

勤務先など、現地での知り合いも少しは増えた。相変わらずのガラケーだが、最新機種に買い替えたりもした。非通知拒否も、そろそろ解除してよいだろう。去年の件を忘れた訳ではないが、さすがに気にしすぎかと、マサシさんはケータイの設定を変更した。

その当日の夜である。

部屋で寝転んでいたマサシさんの横で、着信音が鳴る。こんな夜遅くにかけてくる人間に心当たりはない。いぶかしみつつケータイを手に取ると、非通知着信の表示が。

いや、嘘だろ、まさか、あいつが？

設定解除した日にかけてくるとは、なんというタイミングだろう。いやそうではなく、一年前から毎晩毎晩、この番号に電話をかけ続けていたのかもしれない。

マサシさんの中で、恐怖とともに好奇心がふくらんできた。

この時には、いわゆる第三世代携帯によるテレビ電話サービスが可能となっていた。それを試してみたら、いったいどういう反応をするんだろう。どうせ卑怯者なんだから、顔など出せずに退散するだろう、との目論見もあった。

ケータイを机の上に置き、テレビ通話をオンにする。

意外にも、相手はそれに応答した。

こちらの画面に男らしき手元が二つ、アップで映された。先方もケータイを耳元から離して置いているのだろう。開いた手のひらが、なにかの木の台を細かく叩いている。

パタパタパタ……

やっぱりあいつだ！こんなの見せつけてなんのつもりだよ……。

不気味ではあるが、目が離せない。息をのんで見入ってしまう。

パタパタパタパタパタ
しかしなんだか、音の調子も一年前とは少し異なっている。

バタバタバタバタダダダダ
両手の動きがだんだん速く強くなっていくのだ。

ダンッ！

二つの手のひらが怒ったように台を打ちつけた。

その衝撃で相手のケータイが跳ね、送信画面が後方へずれる。

「うわっ」

不思議なことに、一拍おいてマサシさんのケータイも、向こうのショックに呼応するかのようにストンと倒れた。驚いて無意識に机を蹴ってしまったのかもしれない。とにかく、慌ててそれを拾い上げ、また画面に目をやる。

相手はまたパタパタを再開している。ただし今度はケータイが後ろにずれているため、先ほどより広い画像が映っていた。

……え？

そこでなぜか違和感が走る。

一秒、二秒、三秒と見つめるうち、その原因がわかった。

パタパタパタと叩かれている木の台は、机だった。

しかもそれは、画面外にある自分の机と全く同じ。そこに置かれたケータイも本も文房具も、そっくりそのままの位置にある。飲みかけのグラスにいたっては、残ったビールの量まで一緒だ。

パタパタパタパタパタ……

今まさに、自分の目の前にある机そのものが、映されている。

とっさに通話を切断した。

翌日にはケータイの番号も変え、部屋もすぐに引っ越した。

それから今にいたるまで、例の電話はかかってきていない。

視野

溶接工は遮光ガラスをかけて紫外線から目を守っている。

ガラスにも種類があるそうで、番号が大きくなればなるほど遮光度が高い。一般人になじみあるのは皆既日食を見るためのものだろうが、それが七～八番。鉄骨の溶接は電圧が高いため十一～十二番が適切なのだという。

少し前、溶接工のヤスオさんは作業中に何度か、目の不調を覚えるようになった。全体がボヤけるというより、黒い枠によって視野が限定されてしまう感じ。たいてい深夜の残業時に起こるので、仕事の疲れによるものだろうか。

症状が一か月近く続いたので、眼科の検診を受けてみた。医師の診断は「視野狭窄症ではありません。心配なら脳の方を調べてみては？」といったもの。

不安ではあったが、視界が狭まるのは溶接中のふとしたタイミングだけ。日常生活にはまったく支障なかったため、つい病院に行きそびれてしまっていた。

その夜は、たいへん仕事がたてこんでいた。ヤスオさんは工場に一人残り、今日中に終わらせねばならないノルマをこなしていく。

そうした忙しさの中である。急に、目の前が真っ暗になってしまった。今回は視野が狭くなるどころではなく、なに一つ見えなくなったのだ。

あ、やばい。

慌てて溶接面を開くと、いつも通りの作業場の光景が目に入った。自分の身体の問題ではなさそうだ。ということは、ガラスの番号を下げた方がいいのかな。

八番のガラスに落としてみた。現場溶接や電圧の低いもの（薄いガラスでないと見えないもの）に使うタイプだ。網膜や角膜には悪いが、まったく見えないのでは仕事にならない。面をかぶって作業再開しようとしたのだが。

やはりガラスの向こうが閉ざされている。見えるのは黒一色の世界だけ。

これは本格的にやばいな。もしかしたら面の方に不備があって、光を全部遮断しているのか？

ヤスオさんは試しに、面をかぶったまま天井を見上げてみた。そこには照明があり、本当なら電灯の形くらいは映るはずだ。

くいっと頭を上げる。やはりよく見えない。よく見えないのだが、電灯らしき光がチラチラと、いくつもの細長く黒い枠ごしにうかがえる。

この瞬間、「見えない理由」がやっとわかった。

女の指だ。細い四本の指のシルエットが、面を上から覆っている。

昔のドラマで「だ〜れだ」と女性が男にやるシーンのように、自分の背後から、誰かが両手で目隠しししている。

慌てて面を上げ、振り向いた。誰もいない。人の気配のない作業場は、ただただ静まり返っている。

ヤスオさんはそのまま工場の神棚へと走った。そこからお神酒《みき》をかっぱらい、自分の作業スペースに撒き散らした後、残りをぐびぐびと飲みほした。

それ以降、視野が狭くなることはなくなった。

今から考えると、目線が遮られたのは疲れている時というよりも、深夜の時間帯、かつ工場に三人以下しかいないタイミングだけだった。

その工場で過去に事故が起こった、人死にが出たとは聞いていないので、なぜあのようなことが起こったかの原因は不明だという。

カンジさんは長野県在住の会社員で、毎日車で通勤している。

数年前、その路上にて、たびたび気絶するという事態に見舞われてしまった。

ハンドルを握っていると、急に目薬をさした様に瞳がにじむ。そして視界が真っ赤に染まり意識が無くなるというものだった。赤くなるところまでは覚えているものの、いつも後ろの車にクラクションを鳴らされて目を覚ますのだという。

幸い、いずれも信号待ちで停車中に起こったので事故にはなっていない。それでも危険極まりない状況である。三回目の症状が出たところで会社を休み、病院に行くことにした。

ＣＴスキャンの結果は異常なし。睡眠不足と疲れからくるものだろうとの診断だった。

その日からカンジさんも生活習慣を改め、睡眠を多くとるようにした。それでもやはり症状は治まらない。その後もまた、運転中に「目の前が真っ赤になり気絶」してしまったのである。

いくら病院で調べても異常なし。土地柄、電車通勤にする訳にもいかない。ほとほと困りはてたカンジさんは、そこでふとあることに気づく。

この現象はすべて、同じ交差点の同じ信号で起こっている。そこが赤信号で停車した時にだけいつも、あの「真っ赤」に襲われていたのだ。

不思議に思いつつも、カンジさんは通勤路を変えてみた。するとその途端、症状はまったく起こらなくなったのである。

そんなことをすっかり忘れていたある日。ふとした話の流れで、友人と事故物件についての情報を共有することとなる。

そこで、近所のマンションにて飛び降り自殺があったことが判明した。

そのマンションは、いつもカンジさんが意識を失っていた、あの信号の真横に位置している。自殺騒ぎがあったのも、症状に悩まされるようになる直前であった。

気味悪くなったカンジさんは、以降、その交差点には仕事でもプライベートでもいっさい近寄らないようにしている。

高層階から地面に直撃した人間は、死ぬ間際になにを見ているのか。その視界は、全身からはじけた血だまりで真っ赤に染まっているのではないか。もしそうだとしたら、自分が見た光景と、あまりにも似通っている。


ちょうど長野に取材があったので、私もその現場を訪ねてみた。ひっきりなしに車が行きかい、大型店舗が角々にたつ交差点はあまりにも賑やかで、奇怪な空気はつゆほども感じられない。

ただ一つ、諏訪大社の参道を突っ切るような形でマンションが建てられていたことが気にはなった。神社のご神体への道をふさぐのは、あまり良くないことだと言う人もいる。ましてや諏訪大社のような、古の神が祀られているようなところとなると……。もちろん、それが今回の件と関係あるかどうかはわからない。

キッズルーム

今年の八月、ユキさんは家族旅行にて、中部地方のとある大きなホテルに宿泊した。

夕飯が終わり、部屋に戻ってのんびりしつつ、時刻が二十時をまわった頃。アイスクリームが食べたい気分になったユキさんは、まだ寝る様子もない一歳の息子と妹とともに、本館の売店へと向かった。

しかし残念ながら売店の冷凍庫には魚しか入っていなかった。このまま別館の自室に戻るのも癪なので、もう少し本館を探検することにした。

ふと見れば、「キッズルームはこちら」の表示とともに、二階への案内が示されているのを発見。息子が喜ぶだろうと、矢印が指す方向へと向かう。するとまた「キッズルームはこちら」と、廊下を折れるよう指示される。

それが何回も続いた。あちこち貼られた紙に従い、本館の奥へ奥へと進まされる。最終的にたどり着いたのは、結婚式場で見かけるような大仰な扉だった。

「え、まさかこの部屋が？」

いぶかしみつつ、重い扉をゆっくり開ける。

広々とした室内には確かに、大きな積み木や数体のロディ、輪投げ、プラスチックの滑り台が設置されていた。ただ異様なのは、部屋一面に敷かれた真っ赤な高級絨毯。いわゆるレッドカーペットというやつだ。

その他、備品がしまってありそうな引き戸もいくつかあり、以前はこのホテル一番の宴会場だったのだろうと想像できた。チェックイン時やさきほど見かけた宴会場も、ここまで広くはなかった。

他に客の姿はなく、豪華な空間に広がる静寂が居心地悪い。

「おもちゃ、いっぱいあるねえ！」

わざとはしゃいでみせたユキさんは、ロディに乗った息子の写真を撮ったり、妹と輪投げ勝負をしてみたりした。ただ、その間ずっと、背中をぞわぞわとさせるような「嫌な視線」を感じていたという。少し離れたところから、誰かがじっとこちらを覗いているような、そんな気がしてならない。

早く退出したいのだが、息子はやけに楽しそうにしている。どうしようか迷っているうち、急に妹がすっくと立ち上がった。かと思うと、すたすた西側の引き戸へと歩いていくではないか。頑丈そうな戸に手をかけ、ガッ、ガッ、と体ごと使ってスライドさせる。その隙間から、しげしげ中を見つめだした。

「急にどうしたの?」「ん? なにが入ってるのかなーと思って」

「なにか入ってた?」「備品だけ」

「ふうん、でも怒られるから勝手に探るのやめときなよ」

ただでさえ怖い気分になっているのに余計なことをして……。

そんな本音を隠しつつ、妹をたしなめる。しかし向こうは「うん」と言いながらも、次は部屋の一番奥に向かい、北側の引き戸に手をかけだした。同じく体重をかけ、ガッ、ガッ、と難儀そうに戸をスライドさせていく。三十センチほど開いたところで手を止め、また奥を覗きこむ。こちらから、その背中がぴたりと固まるのが見える。そのまま一秒、二秒。

ガガガガッ!

いきなり、妹は全身で思い切り戸を閉めた。

そのとたん、ユキさんは、さっきまで離れていた「嫌な視線」が、すぐそばに寄ってきたのを感じた。見つめられている圧力が、近い上に、ものすごく強い。

とっさに息子を抱きかかえると、「もう戻るよ!」と強い口調で言い放つ。妹も慌ててこちらへ駆け寄ってくる。二人で力いっぱい重厚な扉を開き、赤絨毯のキッズルームを後にした。振り返ることは、とてもできなかった。

「あの奥の引き戸になにかいたんだよね？　だからすぐに閉めたんだよね？」

部屋に戻ってから何度か問い詰めたが、「いや、いい。やめとこ」と返事するだけで、妹はなにも教えてくれなかったという。

しかし翌日の帰宅後、旅行で撮った写真をスマホで確認しあっていた時だ。画面をスクロールしていた妹の指がピタリと止まった。

「なに、これ」

撮った覚えのない黒一色の画像が、昨日の二十時半の日付で保存されている。妹のカメラ設定は、撮影したら必ず「保存する」マークを押さなければ保存ができない仕組みになっている。

「私、こんなの記憶にないんだけど……」妹は顔をしかめながら、謎の黒い画像をすぐに消去してしまった。

「やっぱりあの部屋、変だったよね」怯えたユキさんがしつこく尋ねると、ようやく妹は重い口を開いてくれた。

彼女もまた、赤絨毯のキッズルームに入った瞬間から嫌な気がしていたこと。ずっと誰かの視線を感じていたこと。だから引き戸を開けて、視線の原因を探ってみようとしたこと。そして二番目の引き戸の向こうで、なにを見たのかも。

中にいたのは、全体にモヤがかかった、輪郭の不鮮明な人影だった。

しかしそれが男で、両膝をつき、訴えかけるように片手をあげているのは見て取れた。

もう一つ。両目をかっと見開いた男の、食らいつかんばかりの視線も、はっきり感じたのだという。


――ホテルの名前はユキさんからうかがっているが、もちろんここでは伏せておく。ただし色々と調べたところ、キッズルームは二〇一八年に入ってからのオープンだった。それまで同室は、空き部屋のまま放置されていたのだと思われる。

当該ホテルは、もともと別施設だったのだが、近年になって経営が引き継がれたものである。旧施設が閉業する少し前、その宴会場に向かうはずだった一人の男性が、いつまでも現れないという不測の事態が起こった。

男性は前夜、自殺していたのだ。

地元の大きなトラブルに巻き込まれ、夜中の雑木林という「暗闇の中」で首を吊ったのである。妹のスマホに保存されていた、黒一色の画像のような空間で。

自殺の背景には、様々な利権や政治の問題が絡んでいるようだ。

さすがにデリケートすぎる話のため、もし興味ある方がいれば、私に直接会う機会などに質問していただきたい。

家族二つ

——お姉ちゃん、なんかあった？　大丈夫？

十九時過ぎ、妹のマイちゃんからそんなＬＩＮＥメッセージが入った。

突然「大丈夫？」と聞かれても、ユリさんは今、母と旦那との会食で、おいしく串揚げをほおばっているところ。なんのこっちゃと気になりながらも、妹からのメッセージを既読スルーした。

おいしかったねまた行こうね、と三人で実家に戻る。リビングに入ったとたん、すでに帰宅していたマイちゃんが、自分を見るなり矢継ぎ早に。

「お姉ちゃんみんなで出かけてたよね？　さっきまで家にはいなかったよね？　今、帰ってきたところなんだよね？」

なにをそんなにしつこく確認するのかと問えば、

「じゃあ、あの声は誰だったの……？」

彼氏とのデートを済ませた妹は、十九時頃に実家まで送ってもらっていた。父も仕事で、家はまったくの無人。鍵をあけようと、カバンの中をごそごそしていたところ。

「マイちゃあん、マイぃぃ。入ってきたらぁあかんてぇぇ」

くぐもった上、やけに間延びした声が聞こえる。リビングの方からなので、最初は消し忘れたテレビの音声かとも思った。

……でもこれ、お姉ちゃんの声だよな?

名古屋弁のイントネーションも、自分にしゃべりかける時の癖も姉そのものだ。確かにユリさんは、妹を呼ぶ際にはまず「ちゃん」づけし、次に呼び捨てにしている。

しかし姉は、義兄と母と出かけたはず。不思議に思いつつもキーを取り出し、そっと鍵穴に差しこむ。するとまたくぐもったユリさんの声が。

「マイちゃあんぁん、マアぁイぃぃ。聞いぃとんのおぉ? 入ってきたらぁあかんって言っとるでしょおおぉ」

錠を回す手が止まった。なんらかの都合で、姉が帰っている可能性はあるだろう。

でもいったい、どこで自分の行動を見ているのか?

しばらく迷っていた妹だったが、ずっと玄関の外につっ立っている訳にもいかない。ゆっくりと鍵を開け、玄関をまたいでみる。真っ暗な家の中は家族も誰もおらず、しいんと静まりかえっていた。

知人であるユリさんから、私がこの連絡を受けたのは二〇一八年七月のこと。

そして十一月に入り、第二信が届く。そのメールは、こんな書き出しで始まっていた。

——私の真似をする者。そいつがまた現れました。


「お姉ちゃんさぁ、昨日もうちに来た?」

久しぶりに実家に帰ったユリさんに、マイちゃんがそう尋ねてきた。

「いや、実家に寄ったのは一週間ぶりだよ」

その答えに満足していないようで、妹は怪訝な表情をしている。そしてこの前日にあった出来事を語り出した。

朝寝坊してしまったマイちゃんは、出勤時刻に間に合うよう、とにかく急いでいた。脱ぎ捨てたパジャマをたたむ余裕などない。お母さんに怒られるだろうな……と思いつつ、リビングにパジャマを脱ぎ散らかしたまま家を出た。

帰宅したのは二十時過ぎ。そこでマイちゃんはホッと安心したという。駐車場に母の車はなく、家の中も暗い。どうやらまだ帰ってきていないようだ。

（パジャマのことお母さんに怒られずにすんだ！　セーフ！）

そしてリビングの電気をつけると、部屋の中央に、なにかがぽつんと置かれているのが目に入った。近づくと、今朝脱ぎ散らかしたはずのパジャマである。

綺麗に畳まれ積み重ねられており、就寝用のもこもこした靴下もまとめて一番上に乗せられている。

……あれ、お姉ちゃん来たのかな？

ユリさんは他の家族と違い、少し神経質なところがあった。洗濯物を畳む時は、端と端がピシリと揃っていなければ気が済まない。せっかく家族が畳んでくれた服も、そのまま箪笥《たんす》にしまうのを躊躇《ちゅうちょ》してしまい、自分流のやり方に直すほどだ。目の前にあるパジャマは、まさにそんなユリさんの畳み方に整えられていた。


――しかしその日、私は実家には行っておりません。マイちゃんの脱ぎっぱなしだったパジャマのことなんてまったく知りません。もちろん、家族全員に聞きましたが誰も心当たりはありません。では一体誰が？　何のために？　私の真似をしてパジャマを畳んだのでしょうか。

どことなく前のめりの筆致で、メールはこう続けられていた。

——私の実家には家族の特徴を捉えて真似をする何者かがいることは間違いないようです。

最近のある日曜の昼、やはり実家でのこと。

ユリさんと妹がリビングでくつろいでいると、父が階段を下りてくる音が響いた。

父の足音には特徴がある。一段ゆっくり下がっては片足をついて、ペタ。ちょっと間をおいてもう片方の足をつき、ペタ。ペタ……ペタ……ペタ……。

生まれた時から聞き覚えのある音が、一階へと近づいてくる。しかし姉妹は二人で眉をひそめ、耳をそばだてていた。なぜなら、父は確かに今朝、仕事に向かったからだ。行ってらっしゃい、日曜なのに大変だね、と二人で見送ったからだ。

「お姉ちゃん、お父さん仕事行ったよね?」

「うん、行った。お父さん、絶対、仕事行った」

「じゃあこれ、誰が下りてきてるの……?」

結局、足音は階段を下りきるかどうかのところで、ぴたりと止んだ。

もう一人の自分と出くわす〝ドッペルゲンガー〟現象は、古今東西、数えきれないほどの報告が上がっている。

しかしユリさんたちのように「一家族の中で、家族の誰かと同じような気配が現れる」ケースは希少ではないだろうか。そしていずれの怪事も「実家のリビング」が主な舞台となっているのが興味深い。

現在もなお、「もう一つの家族」の兆候は収まっていない。それどころか、むしろ悪化の一途を辿っているようだ。ユリさんの憂鬱そうな報告は、今も私の元に届いてくる。


——最近は、やはり実家のリビングにいる時、よく「バン、バン」という音を聞いてしまいます。それは、一歳になる息子がハイハイしている時の音にそっくりです。重さもタイミングも同じ「バン、バン」が、リビングにて息子と二人きりで遊んでいると、きまって廊下から響いてくるのです。

植え込み

十月中頃、アキコさんは大学時代の女友達四人と、ディズニーランドに遊びに行った。車でアクセスしているので、終電の心配もいらない。閉園まで楽しんだ後は皆で食事をし、帰路についた頃はもう深夜一時を過ぎていたという。

アキコさんの運転で、まず江戸川区に住んでいる友人を送り届けることに。その家の近所、S公園付近の小道を走っていた途中である。

「あそこ、なにかない？」

助手席に座っていた子が、ふいに歩道を指さした。確かに、進行方向少し先の植え込みがライトで照らされ、不自然な物体が浮かび上がっている。

車道を向いたマネキンの頭が、土から「はえる」ように置かれていたのだ。

そこは植え込みといっても、背の低い雑草がところどころ出ているだけなので、マネキンの首元まですっかり視界に入ってくる。

車の速度を落として通り過ぎながら、皆でじろじろとそれを見やった。髪はぺたっとはりついているような七三、肌はどす黒く、五十歳前後の男の頭部。くたびれた顔形からして、理容・服飾に使うようなマネキンとは思えない。

「誰かの悪ふざけ？」「ハロウィーン前だから、それ関係じゃないの」

そんなことを話し合いつつ、一人を公園の近くの家に届け、また来た道を引き返す。車内の三人はまだ「男の首」の話題でもちきりだ。

「次はもっとちゃんと確認しようよ」

やはり頭部はそのままの状態に置かれていたので、車を横付けにして観察する。見れば見るほど、その辺にいる疲れた壮年サラリーマンがそのまま埋まっているようだ。とはいえ体を隠す場所などないし、植え込みにしても首から下が埋まるほどの土はない。正体はわからずじまいだったが、時刻も遅いのでもう出ようと発車する。

「映画の小道具なのかなあ」「ハロウィンにしては、普通のおじさんの顔ってどうなのー！」

そう助手席と盛り上がっている最中、ふと、後部座席の友人がうつむいて黙りこくっていることに気がついた。「寝ちゃった？」と声をかけると、その子は真っ青な顔をこちらに向けた。

「あれ、ぜったい造り物じゃない……」

「え？」

「……だって、あの男の目、動いてた」

彼女の席は、男と真正面から向き合う位置にあった。だからその眼球が、自分たちの車を追って動いているのが、ハッキリ見えたのだという。

やっぱり、あれは本当の人間の頭だったんじゃないか。誰かが生き埋めにされていたのではないか。不安になったアキコさんは車を停めた。しかし引き返し、車から降りて確認する勇気はない。ともかく事件には違いないだろうと、警察に連絡してみる。

「詳細な住所を教えてください」という向こうの質問に、助手席の友人が出したグーグルマップで現在地情報を伝える。「すぐ確認しにいくので、折り返し連絡します」との言葉通り、通話を切ってからわずか十分ほどで返信がかかってきた。

「確認しましたが、なにも異常はありませんでした。おっしゃられた男の首というのも、どこにも見当たりません」

もちろん掘り返したような跡もないという。

イタズラと疑われている様子だったので、素直に了承して電話を切った。

それからは誰も一言も発さないまま、車を走らせ帰路についた。

遠ざかる

名古屋市内は、中心部であってもそれほど家賃が高くないらしい。

ナナさんが借りはじめたマンションは、名古屋の有名な繁華街に位置していた。そんなエリアでも、若い女性が手の届く物件が幾つかあったようだ。

もっとも彼女のマンションに限って言えば、安いなりに築年数はそうとう古く、あちこちガタがきてはいる。

ナナさんは特に、一階エレベーター付近が好きではなかった。

エレベーターがあるのは、マンション入り口から見て最奥の突き当たり。ずっと手前に設置された蛍光灯の明かりもうまく届かないため、やけに暗くて陰気な雰囲気だ。それだけでなく、空気も重く澱んでいるような……そうした違和感は前から抱いていた。

ある日、会社の飲み会に参加したナナさんは、深夜にマンションへと帰宅した。

こんな遅い時間になったのは、引っ越してから初めてではないだろうか。静まり返ったエレベーター前はやはり不気味だが、七階の部屋まで階段を上る気にはなれない。ナナさんはいそいそとエレベーターに乗りこんだ。

「おい！」

近くで、男の怒鳴り声がして、思わず体がビクリとはねる。

ダン！　ガン　ガンガン……

続いて、硬いものがぶつかるような連続音。

怖くなったナナさんは閉扉ボタンをぎゅうっと押す。エレベーターが昇りはじめると、音も聞こえなくなった。

繁華街なので、深夜に酔っ払いが騒ぐなどは日常茶飯事だ。しかし今の音は外というより、この建物内で鳴っていたような気がする。一階スペースは入り口からエレベーターまで一直線なので、誰かいれば見えないはずがない。

まあ、そうとう酒が入っているので、思い違いということもありえる。

あまり気にしないようにして、部屋に帰るとすぐベッドにもぐりこんだ。

そのあたりから、ナナさんは社内での仕事がたてこんでいくようになる。大忙しで働くうち、先日の出来事もすっかり頭から追い払われていった。

その日は残業に追われ、深夜の帰宅となってしまった。

へとへとに疲れたナナさんは、一刻も早く眠りたいとエレベーターに入っていく。

「おい！　おい！」

ダン！　ガンガンガン
あっ、と思った。

以前聞こえた、男の怒号と、あの響き。まったく同じ音が、いままさに再現されている。それも今回は、確かにすぐ近くで聞こえる。建物の中、というよりも、このエレベーターの中で。

慌てて外に飛び出した。

今は疲れているとはいえシラフだ。幻覚ではない。配管の具合などで他の部屋のケンカが響いた？　でも毎日乗ってるのに今までそんなこと……。

そういえば、とナナさんは気がついた。正確ではないが、前に同じ音を聞いた時と今夜、ほぼ時間が同じではないか？

胸の奥から強烈な不安がせり上がってくる。もうエレベーターは乗りたくないので、自室までの階段を苦労して上っていった。

ようやく七階についた時には息もあがってしまい、いったん壁にもたれて呼吸を整える。

すると、向こうのドアがすうっと静かに開かれた。

同階に住む顔見知りのおばさんが、怪訝そうにドアの隙間からこちらを覗いている。

「……あら、あなた。階段で上がってきたの?」

夜中に足音が響いたので、気になって確認してみたらしい。

はい、とうなずくと。

「そうよね、この時間、エレベーター使いたくないよね」

「え、なんのことですか?」

ああ……そうよね、不動産屋さんもいちいち説明なんてしないわよね……。

おばさんはこのマンションに長く住んでいるが、深夜この時間帯のエレベーターで奇妙な音がすることを知っていた。他の住人たちもたびたび、そんな苦情を漏らしていたそうだ。

「どうも聞いたところによるとね」

おばさんが住みはじめるよりも、さらに前。このマンションで殺人事件が起きたのだという。

ここの住人の一人がストーカーにつけ狙われていた。当時は今と違ってストーカーという言葉もなく、警察もあまり本気で動かなかったため、事態はどんどん悪化していった。

そしてついに、ストーカーが凶行におよんだ。被害者をしつこくマンションまで追いまわした末、用意していたナイフで刺し殺してしまったのだ。

犯人もその場で自分の首をついて自殺。つまり無理心中をなしとげたのである。

その惨劇の場こそ、エレベーターの中だったのだという。

「あ、こんな話聞きたくないわよね、おやすみなさい」

一通り語り終えると、おばさんはそそくさとドアを閉めた。

陰鬱な気分を抱え、ナナさんは自分の部屋へと帰った。

やっぱり私の聞き間違えじゃなかったのか……。

気を紛らわせようとケータイを手に取ると、そこには女友達からの着信が。

ここ最近ずっと仕事が忙しかったため、ＳＮＳをいっさいチェックしていなかった。既読すらつかない自分になにがあったかと心配しているのだろう。

ちょうど心細かったこともあり、その友人へ電話をかけなおす。

「もしもし、ごめんね連絡もらっちゃって」

少し世間話した後、ナナさんは気晴らしに先ほど聞いた話を打ち明けようとした。

「あのさ、実は最近引っ越したマンションで変なことがあって……そのね、エレベーターでね」

「え？　なになに聞こえない」

と、話を切り出したとたん、なぜか電波が悪くなったようだ。相手の声はクリアなのに、こちらの喋りがうまく通じない。ナナさんは部屋を移動しながら、ハッキリ大きな声で顛末を語っていく。

「……えっと、ナナちゃん……ごめんね」

あらましを聞き終えた友人は、なぜか辛そうな声でそう謝ってきた。

「あの、ごめん、こんなこと言うとほんと悪いんだけど……」

その無理心中したっていうストーカーね、エレベーターからナナちゃんについてきちゃってるかもしれないよ。

「え、なにそれ、なんでそんな」

「うん、ごめん。でもね、その話をしはじめた時から、変な音がずっと聞こえてくるんだよ」

「音……って？」

「……ナナちゃんの声の後ろからね、〝ううううう〟って、うめき声みたいな音がしてて……実はそれ、今もまだ聞こえ」

思わず通話を切ってしまった。そのままケータイを放り投げ、布団にもぐりこみ、震える体で眠りについた。

翌朝、ナナさんがケータイを確認すると、例の友だちからＳＮＳのメッセージが入っていた。

「こわがらせちゃってごめんね。よかったら私が聞いたおはらいの方法があるから、試してみたら？」

友人の親戚で、そういった類の相談に乗るお婆さんがいるらしい。以前に聞いた話では、「悪い場所から拾ってきたもの」を退散させるには、その悪い場所にもう一度行き、一塊の塩を握って待ち続けるとのこと。その間、なにをされても無視して立ち止まっていれば、とり憑いたものが自分から離れて、元の場所に戻っていくのだとか。

いつものナナさんなら、眉に唾つけて聞いていただろう。しかし二度も続いた怪現象に怯えきっている今は、藁にでもすがりたい気持ちになっている。

その日の夜。ナナさんはなんとか会社を早めに抜け、二十一時前には帰宅した。そしてこれまで音を聞いた深夜の時間帯まで待機し、教えられた方法をおこなうため、一階へと階段を下りていく。

薄暗く静まりかえった一階突き当りまで歩を進め、エレベーターのボタンを押す。開いた扉から中に乗り込む。右手に塩を握り、左手で開扉ボタンを押し続け、じっと佇んでみる。

「おい！　おい！」

途端に声が聞こえてくるが、じっと耐える。

ダン！　ガンガンガンガンガンガン
例の物音が響く。これも必死に我慢し、目を閉じて逃げないでいる。

ガンガン、ガン、ガン、ガン……

そうするうち、音がどんどん遠ざかっていくのを感じた。

ガン…ガン……ガン……

…………

すっかり音が消えたところで、ナナさんは目を開けた。

いつも通りのエレベーターで、周囲はなんら異変がない。

ああ、あの子の言った通りだ。よかった……。

気を取り直したナナさんは、そのままエレベーターにて部屋に戻った。すぐに友人へと電話をかける。

ありがとう、あなたの言った通りにしたらうまくいったみたいで……。

明るく感謝を述べているのだが、「うん、うん……」と相手の反応がやけに鈍い。

「ちょっと待って」

いきなりこちらを遮った友人が、口ごもりつつ、こんなことを伝えてきた。

「ごめんナナちゃん……うなり声、まだしてる」

え？

「しかも昨日よりハッキリ。それ、なんか、女の声に聞こえる」

「もしかしてだけど……」友人が声を震わせる。

死んだストーカーって女の人だったんじゃないの？


後日、ナナさんが同階のおばさんに確認したところ。

例の事件については、確かに加害者が女で、被害者が男だったらしい。

ストーカー女は後ろからおぶさるように男性にのしかかり、ナイフで体をめった刺しにした。女はその場で自分の喉を刺して自殺。男はエレベーターから逃げたが、マンションを出た路上で力尽きて死んだ、とのことだった。

ナナさんの背中には、その女がおぶさっているのかもしれない。

呪い返し前

某作家、仮にクスコさんとしておくが、彼女から取材した話。

「クスコ」とは彼女の別エピソードから連想したネーミングなので、もし似た筆名（本名）の女性作家がいたとしても、無関係であると念を押しておく。ちなみに彼女は、怪談関係の仕事もいっさいしていない。


昨年、クスコさんが本を出版した際、有名書店にて販促イベントを行う運びとなった。書籍に関わった女性イラストレーターとの登壇で、男性の担当編集Aも同行していた。イベントはつつがなく終わり、観客たちも全て会場からいなくなった後。

最後列の席に、女が一人、どしりと居座っているのが目に入った。

「やけにガッシリした体格の大女だったんですけど、恰好もまた個性的なんですよ」

頭に巻いたバンドから、ちりちりしたドレッドヘアが飛び出している。胸より上があらわなビスチェ風トップス、下のお尻がくっきりはみ出すショートパンツに網タイツといった出で立ち。

あの人、なんで帰らないんだろう。いぶかしみつつ後片付けしていると、女がつかつか寄ってきて「Aさんと話したいんですけど」と、編集の名前を告げてくる。イラストレーターと二人、狭い会場を見回したのだが、先ほどまでいたAの姿が見当たらない。

「ちょっと出払っちゃってるみたいです」

そう謝ると、女はさっさと会場から出て行ってしまった。

少しして戻ってきたAは、なにやら小さな紙袋を三つ、手にしている。

「さっき来てたお客さん、というか僕の友達なんだけど、その人からのプレゼント。僕ら三人への出版祝いの品だって」

クスコさんが「どなたですか?」と訊ねたら、「先ほどのガタイのいいド派手さんから」とAは答える。

Aさんってインパクト強い友達がいるんだなあ、と思いながら、その場はありがたくプレゼントを頂戴しておいた。

帰宅後、紙袋を開けてみる。現れたのは、真っ黒い木彫りの人形だった。

つくりは素朴で、装飾は藁《わら》らしき腰ミノをつけているだけ。しかし黒い体のあちこちに、ブツブツした突起が嵌められているのが不気味だ。

袋にはまた、一枚の写真も入っていた。写っているのは、民族衣装を着た黒人男性。カメラ目線で満面の笑みをたたえつつ、ここにあるのと同じ人形を手にしている。

なんだこれ……。まったく意味不明のプレゼントに困惑したクスコさんだが、ふと写真を裏返すと、そこには小さな文字の日本語が書き込まれていた。どうやら、人形と男性についての説明が記されているようだ。

「この男の人は、トーゴのブードゥー呪術師さんです」「人形は彼が祈祷した、ありがたいもの」「ブードゥーというと黒魔術みたいなイメージですが、けっして悪い宗教じゃありません」などなど。

それはわかったが、いったいこの人形には、具体的にどのような祈りが込められているのか。なぜかその点については、長ったらしい文章のどこにも触れられていない。

翌日、イラストレーターにも連絡を取ってみた。

すると彼女にも同じような人形と写真が贈られていたとのこと。

「当たり前ですが、すごく怖がっていて。私の方で引き取ってもらえないかと泣きつかれたので、仕方なく、うちに送ってもらうことにしました」

怪しいブードゥー人形を二体も所有するはめになってしまった。処置に困ったクスコさんは、とりあえず二体とも、家にある不動明王の神棚に置いてみたという。

しかし異変はすぐに始まった。

二体の人形が、すさまじい悪臭を放つようになったのだ。紙袋から出した時はなんともなかったのに、「動物園の獣の檻からするような臭い」が、日を追うごとに増していく。

最初は、飼っている三匹の猫が吐いたのかとも思ったが、明らかに違う。それどころか、今まで神棚あたりをうろついていた猫たちは、人形を置いた時点からやけに警戒を強め、近づこうともしなくなっている。

さらに生活を続けるうち、人形の方向から「刺すような痛み」を感じるようになった。尖った物でなぶられているような感触。これまでなかった頭痛も頻発するようになる。

さすがにクスコさんも怒りを覚えてきた。どういうつもりで彼女がこんなものを、私たちに渡したのか？

編集者のAなら知っているだろうと、直接会う約束をとりつける。

当初はしらばっくれていたAだったが、さんざんに問い詰めると、ようやく重い口を開いて白状してきた。

あの女は、妻子あるAの不倫相手だった。スピリチュアル志向と行動力が強い上、親が資産家である彼女は、海外を何十か国も渡り歩き、各地の信仰文化に触れる生活をしていた。トーゴに行ったのも、その一環らしい。

そうした経験が書籍に繋がるのでは、とAは彼女にコンタクトをとったが、面会を重ねるうちに密通関係となったのである。

「ちなみに彼へのプレゼントは、木彫りの亀でした。同じ呪術師がつくったものですが、〝亀〟って、えらく生々しいなあ……と」

そこにもやはり同じ呪術師の写真が同封されていたようだ。ただし、その裏書だけにはキチンと効能が説明されていた。

いわく、「二人の愛が永遠に続く祈祷をしました」


Aは土下座する勢いで詫びてきたが、そんなことより人形をどう扱うかが問題だ。

あの女性の風体、Aから聞き及んだ感触、これまでの状況からして、自分たちに妙な誤解を抱いている可能性もある。もし攻撃的な祈祷がかけられていたとしたら……。

呪術の類を信じるかどうか別として、あまり気持ちのいいことでないのは確かだ。

「人形からずっと嫌な感じ、怒ってる感じがしたのは、もしかしたらお供え物がよくないのでは、と思ったんです」

神棚にはいつも日本酒を供えていたが、国が違えば好みも違うだろう。インターネットで検索すると、どうやらトーゴ人はラム酒をよく飲むようだと判明。その日から盃にラム酒を入れることにする。

翌朝、盃の酒が半分以下に減っていた。

次の日にはそれより少なくなり、その次の日にはまたと、毎朝注ぎ直しているにも関わらず、どんどんラム酒の減り方が激しくなっていく。数日後には、盃の底に水滴が残るだけといった程になり、そこでようやく落ち着いた。

……これはヤバいやつだ。

当面はお供えで様子をうかがいつつ、今後の対処を考えよう。クスコさんは慎重に動くことを決めた。

一か月近くが経っただろうか。

クスコさんは仕事の都合で、三日ほどの出張を余儀なくされた。その間、人形がどうなるか心配ではあった。母親も同居しているが、怖がらせないよう諸々の事情については黙っており、世話を頼む訳にもいかない。

仕方なく、盃を大きめのコップに替え、いつもの三倍以上の量のラムを入れておいた。

三日後、帰宅して早々、神棚の様子を確認してみる。すると人形が二体とも無くなっているではないか。

猫の仕業？　でもあの子たちは近寄りもしないはずだし……。

部屋の隅々まで探してみたが、どこにいったか影も形も見当たらない。そうするうち、同居している母が「あんたさあ、これ……」と困惑した表情で話しかけてきた。見ると、両手の先におずおずと人形二体をぶらさげている。

「……ねえ、この人形、おかしいわよ」

クスコさんの留守中、母が気づくといつも、棚から人形が落ちているのだという。しかも転がっている場所はいつもまちまちで、落下地点とは思えないような片隅の方にあったりする。

「戻しても戻してもまた転がってるのよ。これ、どっから持ってきたの？」

「猫が転がしたんじゃないの」笑ってごまかそうとしたが。

「いいえ、この部屋に猫は絶対に入ってません」と断言されてしまう。

神棚のコップを見れば、まったく空の状態だ。飲むペースも早くなっているのか、ラムが足りないと怒りを買ったのか……。

「仕方なく母に経緯を話したら、それはすぐに処分しないとダメだと言われてしまい――」

動揺した母親は、もう今日にでもなんとかしてくれときかない。人形供養をしてくれる寺院を探す余裕もなく、お寺がブードゥーの呪物を受け入れてくれるかもわからない。

「これからずっとラム酒あげ続けるつもりなの？　今ここでどうにかしないとダメでしょ」

冷静に考えれば、確かに母の言う通りだった。


仕方なく、家の庭にて「お焚き上げ」を行うことにした。

燃焼材や新聞紙を用意。きっちり燃えてほしかったので人形にはオリーブオイルを満遍なくまぶし、火をつけた。

そのとたん、予想もしなかった悪臭がたちこめる。肉や髪の毛が焼けているような生臭さ。木と藁だけの人形のどこからこんな臭いがするのか。

しかも炎はごうごうと上がっているのに、人形はいっこうに燃える気配がない。どんどんオリーブオイルを足し、火の勢いを強めても、それは人形の表面をなでるだけ。

結局、中途半端に焼けただれた人形たちは、より気味が悪い外見になってしまった。

もうダメだ、これはトーゴまで帰ってもらうしかない。

神奈川のクスコさん宅から、海岸まではほど近い。某ふ頭から太平洋へと人形二体を流し、アフリカ大陸へ流れ着くことを祈った。

「海は一つに繋がっているっていうから……」

それ以降、人形はクスコさんの前から姿を消した。

都市伝説さながら、いつの間にか家に戻ってきて……などという事態にはなっていない。

ただし、話はここで終わらなかった。

呪い返し後

本稿執筆にあたり私は、クスコさんへの取材コンタクトを何度か試みている。まずはメールで概要をいただき、次に直接会って話を伺おうとした。日時場所まで決めたものの、その前々日深夜に突然のキャンセル。クスコさんが突然体調を崩してしまったからだ。夜間診療に行ったところ、時期外れのインフルエンザにかかってしまっていたという。

どうもこの話については、語ろうとすると種々の異変が起こるようである。ただの偶然と割り切れない理由がもう一つある。

クスコさんの体調復帰を待って、インターネット通話にて取材を行うこととした。先述した体験談を語ってもらいつつ、話がブードゥー人形のくだりに入ったとたん。

ガタタタ！

私のイヤホンに、驚くほどの衝撃音が響いた。慌ててなにごとか訊ねたが、双方で音声が通じていないようだ。

「すいません」

数分後、クスコさんからの声が聞こえてきた。一時的にネット回線のトラブルがあったようだが、それはまあいい。

「なにか倒れたみたいですけど、大丈夫ですか？」

「はい、まあ大丈夫ですけど」

突然、神棚の板が外れてしまったという。ブードゥー人形二体を乗せていたものだ。現在は稲荷の狐像などを置いているが、それらと板そのものが床に叩きつけられたのが、先ほどの音の正体らしい。

「それ、少し嫌な感じですね」

奇妙な符号と音の大きさにひるんでしまった私に比べ、先方は落ち着いていた。

「この話をすると、よくあることなので。じゃあ続きにいきますね」

まったく困ったものだという声色から、こうした事態に慣れている様子が伝わってきた。

人形たちを海に流した、後日譚である。

クスコさんは再び、出版記念のイベントを行うことになった。中央線沿いの某書店にて行われた催しで、対談形式のトークショー。相手は、宗教学を教えている大学教授である。

「一連の騒動が落ち着いたところだったので、予想すらしていなかったんですが」

イベント開始直後、壇上にて語り始めようとしたクスコさんは、思わぬ顔を発見する。

人形を贈ってきた、あの女が来場していた。しかも最前列の真ん前に座り、自分をじっと見つめている。

「これまでの話がAさんから伝わってるのかどうか知らないけど……。いったいどんなつもりで来たのかなって」

恐怖を感じながらも、なんとか前半部分のトークをこなし、休憩時間へ。それまでの緊張から、とにかくタバコをすいたくなったクスコさんだったが、書店内はどこも完全禁煙となっている。

「急いで、喫煙スペースがある近所の公園に行ったんですが」

敷地に入ったところで、あっ、と足が止まる。隅の方で、膝を折って丸くうずくまる人影が目に入ったからだ。こちらに背を向けていても、一瞬であの女だとわかった。

「あの、大丈夫ですか？」

そのまま無視するのも気まずく思い、そう訊ねてみた。

「……だいじょうぶ」

女は頭を下げたまま、やけに低く、しわがれた声を発した。

それ以上かまけても厄介だろうと、クスコさんは女をそこに残し、喫煙スペースで一服する。そしてタバコをすいおわったところで振り向くと、フラフラと歩く女の後ろ姿が目に入った。書店とは見当違いの裏路地を、右に左によろけながら歩いている。

もう帰るのか……。まあ、こっちとしたらありがたいけど。

書店に戻り、編集者のAに「いなくなっちゃったけど、いいの？」と聞いてみたが「知らねえよ」との返答。少し前から、二人の不倫関係は終わっているようだ。

ともあれ、その後のイベント自体はつつがなく終了した。

客が全て出払った後のこと。クスコさんは対談相手である教授と二人きりになったタイミングでこっそり相談をしてみた。女とブードゥー人形にまつわるこれまでの出来事をかいつまんで説明し、世界中の宗教文化に詳しい彼に見解を求めたのだ。

「ブードゥーの呪いについて、私がおこなった対処法はよかったのかどうか迷っていたのもありました」

すると教授は、まずクスコさんに対してこんな質問をしてきた。

「それ、呪物だって気づいたんでしょ？」

「はい。私も多少は知識があるので」

「あと、人形をくれた人には、その後に会ってますか?」

「まさにさっき。最前列に座ってましたけど、休憩中に帰っちゃいました」

なるほどねえ、教授が深くうなずく。

「だとしたらその人、自分がやったことがバレてると気づいてますよ」

その時点で呪術は失敗です、と教授は説明した。丑の刻参りにしても、呪いをかけている姿を誰かに見られてはいけないルールとなっている。呪術の行使が、相手もしくは他人に判明してしまったらアウトなのだ。

より正確に言えば「術者本人が、自分が呪いをかけていることを、人に知られてしまったと、認識してしまう」、そのバレたという自身の「認識」が、呪いを弱めてしまう。ましてや対抗する呪術返しをされたと知ったら、もうおしまいだ。呪術はもう無効化するのである。

「あなたも素人ながら、お不動さんの神棚に置いたり、ラム酒を捧げたりして処置してたんでしょう。海に流したというのも、伝統的な厄祓いの方法ですね」

さきほどの様子からして、クスコさんの行動は相手に伝わっているだろう。その女も知識があるようだから、こうした「呪いのルール」をわかっていないはずがない。

これは面白い見解だと、私も思った。呪われた対象が「自分は呪われているかもしれない」と一人でクヨクヨ悩むだけなら、むしろ呪術は力を増すだろう。しかし、例えば他の呪い師に相談して対抗呪術をおこなってもらうなど、事態を公の場にさらけ出すことそのものが、真の意味での「対抗呪術」となる。

呪術とは、相手を殴ったり、面と向かって文句を言うなどの直接的な力の行使ではない。表面上はにこやかな友好関係を保っている人間が、実は裏で自分を呪っている。このような関係性にこそ、呪い・呪われるパワーが生じる。

互いに忖度し合うような、間接的かつデリケートな人間関係があって初めて成立する。そうした高度コミュニケーションが及ぼす影響力をこそ、「呪術」と呼ぶのではないか。「呪いエネルギー」が物理的に存在するかどうかはともかく、呪い・呪われるの土俵に乗っている以上、自分の呪術に気づかれ対抗されたと術者＝あの女が「認識」してしまったら、呪いが返ってくることも了承せざるをえない。

だから今回の件については、と教授は結論を述べた。

「――その人がかけた呪い、本人が全部しょいこんでいます」

後日、クスコさんが確認したところ、女が頻繁に更新していたSNS関連のアカウントが、全て削除されていた。編集Aに消息を聞いても、いっさい連絡がとれなくなったのだという。

あの女は、自らの呪いに潰され、姿を消してしまったのだろうか。

クスコさんの体験談を聞き終わったところで、私はそのような感想を抱いた。しかしすぐ、ひっかかる点に思い至る。インフルエンザや神棚の崩落など、この件の取材時に起きた、小さくはあるが妨害めいたトラブルはなんなのだろう？

いやそれ以上に、クスコさん自身がそれらトラブルに「慣れた様子」なのはどうしてなのだろう？

事態はまだ、収束していないのではないか？

「そうですね、最近になって、彼女はまたブログ開設してバリバリ書きまくってますし」

もはや清算されたと思っていた編集Aとの関係も、不穏な動きを見せている。プライバシーに関わるので詳述しないが、去年からAの親の事業が頓挫したりと、A自身の生活も上手くいかなくなっている。救いを求めるように、Aはまた女とのよりを戻したようだ。

そしてクスコさんが語っていた、「この話をすると、よくあること」とはなんなのか。

「今した話って、何人かの友人たちにも一部始終を聞いてもらってるんです」

だからもう本に書いてもらってもいいんですけど、ただね。

「なんか、臭いが……」

それまで饒舌だったクスコさんの声が、初めて逡巡するようにこわばり澱んだ。

「はい？　臭いってなんですか？」わざと空気の読めないフリをして、私が尋ねる。

「……友達に話すたびに、いつも嗅いじゃうんですよ。ぷうん、って、どこからか。あの、人形を神棚に置いていた時の、獣っぽい臭いが」

当時はそれが、ブードゥー人形ならではの異臭かと思っていた。しかし今となっては、こんな風に思ってしまう。

「あの臭いって、人形が出しているんじゃなくて、彼女こそが発生源なんじゃないのかなって……。動物園の檻からするのとソックリの獣臭」

それ、あの女の心から漂ってくる臭いなんじゃないですかね。

カミサマを捨てる

「去年の夏、鉄道の監視員の仕事をしてた時ですね、変な話を聞いたんです」

二〇一八年の正月。名古屋在住のヒロシさんから私にメールが届いた。彼とは数年来の知り合いだが、ぜひ聞いてもらいたい体験談があるというのだ。親族への元旦の挨拶のため、東京に出てきている。自分は文章をまとめるのが苦手だから、この機会に直接会って口で伝えたい……とのことだった。

そういった次第で、目黒のファミレスにて昼から酒を飲みつつ、半年前の出来事を語ってもらったのである。


汗ばむような熱帯夜が続いていた。

その夜もヒロシさんは線路脇に立ち、暑気ただよう暗闇の向こうを見つめていた。

終電後の路線において、工事や貨物列車の通行などが安全に進むよう監視するのが彼の役割だ。二人一組でおこなわれるため、向こう側にも今夜のパートナーが立っている。

二十歳くらいの若者で、そちらを仮にAくんと呼んでおこう。

「蒸し蒸しするねえ」

額の汗をぬぐいながら、Aくんに話しかけた。電車の通行がない間は、特に作業することもない。線路の向こうとこちらとで、なんとなくお喋りが始まっていく。Aくんとは初対面なので、まずは軽い自己紹介のようなものが交わされた。

「へえ、あの辺に一人暮らししてるんだ。じゃあ実家は県外？」

「いえ、名古屋です」

Aくんが育ったのは中区のマンションらしく、中心街に近い便利な駅のそば。わざわざ一人暮らししなくてもよさそうなのに、まあ、そこは事情があるのだろう。ヒロシさんは特に追及しなかったが、Aくんの方から口を開いてきた。

「俺、ずっと親に虐待されてたんですよね」

小さい頃は、たびたび両親から暴力を振るわれていた。高校卒業して職に就くようになってからも、通帳を管理され、勝手に給料を抜かれてしまう。一人いた兄も、嫌気がさして遠くに出てしまっている。それでも今までは、父方の祖母と叔父が自分をかばってくれていたのでなんとかやってきた。だがその二人も、少し前にたて続けに亡くなった。

誰かに吐き出したかったのだろう。問わず語りに、Aくんは自らの生い立ちを吐露していった。

「だからもう家を飛び出そうと決めちゃって」

幸い、少しの間なら同居させてくれる友人がいたので、いったんそこに転がり込むことに。しかし自分の親がそれをすんなり許可するはずがない。

トラブルを恐れたAくんは、親に黙ったまま、夜逃げのように脱出することにした。事前に両親が留守になるタイミングを見定め、友人の車を駐車場につけてもらう。急いで大事な物品だけを段ボール箱に詰めて、次々と車に運んでいった。作業も終わりかと思ったところで、大事なものを忘れていたのに気づく。

ずっと自分を大事にしてくれたお祖母《ばあ》ちゃん。その位牌は自分が持っていかなければ。慌てて部屋にとって返し、仏壇を探ってみるが、位牌は見つからない。そろそろ父母が帰ってきてしまう時間だ。焦りつつ仏壇の裏側を探ると、ぽっかり空いた隙間に、段ボール箱が一つ置かれていた。

開いてみれば、中には二十個ほどの位牌がぎっしり詰まっている。

……なんだこれ、なんでこんな風にしてあるんだよ。

面食らったAくんだが、ともあれこのどこかに祖母の位牌があるのだろう。もう探している暇はないので、箱ごと抱えて友人の車に運び、そのままマンションから遁走していった。

数日が経ち、友人宅での引っ越し作業も片付いてきた。

そろそろお祖母ちゃんの位牌を見つけようと、例の段ボール箱を漁ってみる。聞いたこともない名前の、親族かどうかすらもわからないような位牌の山をひっくり返すうち、祖母の俗名と享年が記されたものを発見することが出来た。

それはいいとして、一つ気になる物体も見つけてしまう。箱の底に、木彫りの像がまぎれていたのだ。不思議なつくりだった。神仏なのだろうが、少なくとも、よくある仏像ではない。初めて目にするような異形だったという。

この木像については、残念ながらどんなフォルムをしていたか不明だ。もしかしたら明王の類かもしれないし、異国の神像かもしれない。しかしAくんはその手の知識がほとんどないため説明できず、私もヒロシさんも見当のつけようがなかった。

ただ、それを見た瞬間、Aくんの中である記憶がよみがえった。

カミサマ……叔父さんが言ってたカミサマって、これか！

祖母が亡くなってすぐ、叔父にも急性の病気が発覚し、もはや余命わずかと診断されてしまった。叔父は独身で家族もいない。弟にあたる父が無視していたのは言わずもがなだし、Aくんの兄も遠方に住んでいる。必然的に、Aくん一人だけが病院へ見舞いに通っていた。

——お前に一つ、頼みたいんだ。

そういえば死に際の叔父が、遺言のように告げてきたことがあった。

——お前の家に、カミサマの像があるはずなんだ。お祖母ちゃんが家のために守ってきたカミサマなんだ。俺が引き継ごうと思ったんだが、こんな体になってしまって……。本当はお前の父親が継ぐべきなんだが、あいつがそれを出来ないのはわかってる。だから俺が死んだら、お前があの家で、カミサマを大事にしてやってくれ。

そうしないと、家が守れなくなる。

それからすぐに叔父は急逝した。葬儀の手続きなどに忙殺され、すっかり伝言を忘れてしまっていたが、目の前にあるこの木像こそ、「カミサマ」で間違いないだろう。

これをどう処理すればいいのか、Aくんは逡巡した。マンションから持ち出してはいけなかったのかもしれない。返しておいた方がよさそうではある。しかし自分は両親と絶縁したつもりだし、二度と顔すら見たくない。マンションに近づくことすらごめんだ。

迷い続けたままに放置し、一か月ほどが過ぎていく。


そんなある時、Aくんの元に兄から一本の電話がかかってきた。

「……おう久しぶり。お前、うち出て行ったんだってな。いや、いいんだよ当たり前だよ。別にどこにいるかも聞かないから……」

その口ぶりからして、こちらの近況を聞きたい訳ではなさそうだ。明らかになにか用事があっての連絡だろう。

「親父もお袋も、あれでガックリきたんだろうな。お前が出て行ってすぐ、急激にボケはじめちゃってな」

今では自分の名前すら満足にしゃべれないほど、痴呆が進んでしまったという。

「あっそう、それならそれでいい気味だよ。そのままくたばってもらって構わないんだけど」

まさか介護を手伝えとも言われかねないと思い、Aくんは素直な感情をぶつけた。

「そうだよな、うん本当にそうだよ。俺も今、両方とも施設にぶちこんでおこうと思ってるところなんだけどさ……」

口ごもりながら、兄が言葉を続ける。

「悪いんだけど、お前、一回だけ家に帰ってきてくれないか？」

「はあ？　嫌だよ。俺もう二度とあそこの敷居またがないって決めてるから」

「わかる！　それはわかってる！　でも施設に入れるにしても、必要な書類だったり家族のサインとか印鑑押したり、色々あるんだよ。あの部屋のどこになんの書類があるか、俺はまったく知らないしさ」

兄は平身低頭して頼み込んでくる。

「今は、親父もお袋も同じデイサービスに通ってて、いつの何時から何時まで確実に留守だってのもわかるから。絶対に会わないタイミングで来てくれればいいから。な、一回だけでいいから！」

事情が事情なだけに、Aくんも渋々応じざるを得なかった。またそのついでに、気がかりだったカミサマの像を返しておくことも出来る。両親がいない日取りと時間をはっきり確認し、実家のマンションで待ち合わせることとなった。

その日、Aくんは木像をリュックに入れ、二度と来ないと思っていたマンションを訪れた。敷地内には、駐車場と中庭のようなスペースがある。実家の部屋は、そこから階段を上がった二階。念のため、玄関に着く前に、歩きながら兄へ電話をかけておく。

「もしもし、今、階段上がってるとこ。マジで親父もお袋もいないいんだよな？」

「おお、助かるわ。いやそれは大丈夫。おや…ッ…もおふ…ッ…ろ…外出て……ッ…」

おや、と思った。なぜか通話が途切れ、小さいノイズが入ってくる。

「ちょっと電波悪いんだけど、今二人ともいないんだよな！」

「うん、ふた……ッ…も…ッ……いないか……ッ…」

なんだよ、うぜえな。Aくんは自分のスマホを確認したが、受信は良好だ。長年住んでいても、こうした電波障害に出くわしたことはない。兄のスマホの調子が悪いのだろうか。

ともかく親はいないようだし、もう二階の廊下に着いてしまった。実家のドアは、すぐ斜め前に見える。とりあえずチャイムを鳴らして……。

ぎくり、とその手が止まった。

玄関脇の、台所から廊下に面する窓が横目に見えた。摺りガラスとなっている窓の向こう側には、ぼやけた人影が二つ。

家族だから輪郭だけでわかる。親父とお袋だ。

「ふざけんなよ！」

声を潜めつつ、電話の向こうの兄に怒りをあげる。

「なに嘘ついてくれてんだよ！　あいつら家にいるじゃねえか！」

「……え、なに？…ッ……ねえよ…ッ……いから……入ってこ…ッ…て」

くそっ、もう帰っちまおう。そう思ってAくんが踵を返そうとしたところで。

すっ……と摺りガラスの一部が透明になり、父親の顔が半分あらわれた。その片目が自分の視線としっかり合わさってしまう。

驚いて後ずさったところにもう一度。すっ……とまた別部分がクリアになり、母親の顔が見え、やはり目と目が合ってしまう。

すっ…すっ…すっ……摺りガラスに父と母の顔があらわれては消え、またあらわれる。その口元が見えて、Aくんはゾッと背筋を震わせた。

二人は台所側から、窓を舌でなぞっているのだ。べろべろと舐めるたび、唾液で濡れたガラスの曇りが一瞬だけクリアになる。二人のうつろな瞳があらわれ、こちらに向けられる。

なんだよ、なんなんだよ。

こうなるとAくんの中に、怒りの炎が燃え上がってきた。目と目が合った以上、向こうもこちらが来たことを認識したはずだ。ここで帰ったら怯えて逃げたと思われてしまう。

上等だ、こっちから乗り込んでやるよ。

一気にドアノブに手をかける。ガチャリ、鍵はかかっていない。そのまま大きな音をたてて玄関を開ける。靴のまま上がり込んで、キッと横をにらみつける。

しかし父も母も、勢いよく入ってきた自分を見向きもせず、一心不乱に台所の窓にかじりついている。べろべろべろべろ、ガラスを舐め続けている。

おいおい……ここまでボケちまってるのか。

その異常さに気圧されたAくんは、二人を無視して室内へと乗り込んでいった。

「聞いてんのかよ！　なんで嘘ついたんだよ！　てめえどこいんだ！」

電話の向こうの兄を怒鳴りつける。

「……ッ…ズッ……ズッ……」

応答はなく、ただ先ほどからのノイズが響くだけ。

リビングのドアを乱暴に開く。

そこに兄は座っていた。

奥の窓に向かってあぐらをかいている兄の、丸まった背中が見える。

「おい！」

背後から覗き込んだAくんの声が詰まる。

べろべろべろべろ
ひたすらスマホを舌で舐めている兄の姿が、そこにあった。

――ああ、もういい。もうこんな家、どうなったっていい。

Aくんは、心の根っこが急速に冷めていくのを感じた。

兄にも父にも母にも声をかけず、黙ってつかつかと部屋を去っていった。廊下に出たところでリュックを下ろし、中に入っているカミサマの像をつかんだ。手すりごしに下の中庭へと、それを放り投げた。そしてそのまま、友人の家へと帰っていった。


「……え、じゃあその像って、まだマンションのどこかにあるのかな」

風一つ吹かない夜は、さらに暑さを増したようだ。ヒロシさんは線路ごしのAくんに、そんな質問を投げかけた。

「そうかもしれません。まだそんなに日にちも経ってませんから」

ヒロシさんはまた、鉄路の先に続く暗闇へと顔を戻した。

そろそろ来るはずの貨物列車のランプは、まだ見えてこない。

そんな話を、一つ前の夏に、ヒロシさんは聞いたのだという。

ずっとしゃべり詰めだった彼はそこで一息つき、手つかずだったポテトフライをつまみだした。

目黒という土地柄だろう、元旦のファミレスには和服やスーツで着飾った子どもと、フォーマルな装いの母親がひしめき、我々の周りで談笑している。

「……それでですね、僕、ぜひともカミサマを見つけないといけないって気になっちゃって。半年間ずっと、そのマンションを探し続けてるんですよ」

最寄り駅は判明している。しかしその一帯はマンションが数多く乱立している。手がかりは駐車場と中庭があり、廊下の窓が摺りガラスというだけ。

それでもヒロシさんは丹念に、この半年間、暇を見つけては幾つものマンションを訪ね歩いてきたという。

「ここと……ここなんか怪しいと思うんですよね」

摺りガラスの部屋が並ぶ画像をスマホに表示し、こちらに見せつけてきた。まったく感服するような熱意である。彼もまた怪談マニアであると承知しているが、この話についてはことにご執心のようだ。

「そんな風にうろついてたら、各マンションの住人にだいぶ怪しまれてるでしょうね」

私が茶化すと「え、あははは、そうでしょうねえ」ヒロシさんはうつむいたまま小さく笑った。

「いや、でもですよ」そこで私に、一つの疑問が湧いてきた。

「なんでその場で、Aくんに詳しい住所を教えてもらわなかったんですか？」

ああ、それなんですけどねえ……。にこやかな表情は崩さず、ヒロシさんが困ったような声を漏らす。

「僕もいちおう聞こうとしたんですよ」

——そのマンションどこにあるの？

そう言いかけ、線路の向こう側に振り向いたところで、喉元まで出かかった声が遮られた。

その夜はとても暑かった。

Aくんもぼたぼたと汗を垂らしている。湿った顔を手でぬぐっているのは、話の途中でも横目に入っていた。しかし彼が奇妙な動作をしていることまでは気づけなかった。

Aくんは、額の汗をふいた手を、そのまま口にもっていき、表面を舌で舐めていた。右の手のひらをべろり、左の手のひらをべろり、また右の手のひらをべろり。ずっとずっと、それを繰り返していた。

べろべろべろべろべろ……

「それで思わず、聞きそびれちゃったんですよね」

でも僕もこれからずっと、カミサマの像を探し続けるつもりです。見つけたら吉田さんに連絡していいですか？

私はすぐに返答できず、しばらく相手の顔をじっと見つめていた。

ヒロシさんはこちらに向かって優しく微笑みながら、つまんだポテトフライの先を、べろりと舐めた。

恐怖実話 怪の残像

2019年3月7日　初版第1刷発行

著者　吉田悠軌
デザイン　吉田優希（design clopper）
企画・編集　中西如（Studio DARA）
発行人　後藤明信
発行所　株式会社 竹書房
〒102-0072 東京都千代田区飯田橋2-7-3
電話03（3264）1576（代表）
電話03（3234）6208（編集）
http://www.takeshobo.co.jp
印刷所　中央精版印刷株式会社

定価はカバーに表示しています。
落丁・乱丁本の場合は竹書房までお問い合わせください。

ISBN978-4-8019-1787-3 C0193